小説 ふたりはプリキュア
新装版

著：鐘弘亜樹

講談社キャラクター文庫 018

目次

第一章

気持ちのいい夏の夜は、特別に空気が柔らかい。太陽が家並みの彼方に沈むと、気温は大きく下がる。風が吹くと、しっとりとした心地のいい空気がシャツの袖から袖へするする抜けていく。

みんなの眠りを見守る静かな夜空にデネブとベガ、アルタイルが夏の大三角形を作っている。星の光を包む闇は、昼間の忙しさを消し去って穏やかな休息の時間をくれるみたいだ。今日もそんな夜だった。

美墨《みすみ》なぎさは自室で鏡とにらめっこしていた。ベランダへ続く窓は闇色に塗りつぶされていて、室内の様子が映っている。ハート柄のカーペットに、うさぎが描かれた掛け布団。ベッドの上には真ん中にハート形の飾りが付いたピンクと白の携帯らしきものが置いてあり、その奥にはひょうきんな顔をしたぬいぐるみたちが所狭しと並ぶ。

女の子らしい明るい色彩の部屋だが、壁にはアイドルやラクロスのポスターに交じって、映画スターであり稀代《きたい》の武術家でもある李飛龍《リーフェイロン》のポスターも貼ってあり、その部屋のファンシーな雰囲気を壊しかけている。

なぎさはベッドの横の机に向かって座り、鏡を覗《のぞ》き続けていた。前髪をしきりにいじって迷いの表情を浮かべている。

「なぎささ、さっきから何やってるメポ？」

ふとベッドの上の二つ折りの携帯のようなものがひとりでに開き、メップルが顔を出した。メップルは大きな青い目でなぎさに疑問を投げかける。

「べつに。なんでもない」

なぎさはちらりともメップルを見ずに答えた。メップルは目を細め、人をからかう時の表情を作る。

「言えないようなことメポ？　さてはキメ顔の練習でもしてるメポか」

「違うわよ！　前髪の分け目を変えようか迷ってるだけ」

なぎさはうるさいなあと言うようにメップルを軽く睨《にら》んだ。しかしメップルは少しも怯《ひる》まず、薄ら笑いを浮かべる。

「やっぱり同じようなことだメポ。なぎさの前髪なんて、左分けにしようが右分けにしようが、パンチパーマにしようが誰も気にしないメポ」

「ああもう、うるさいわね！　自分なんか二頭身の、おかしな体型のくせに」

なぎさは前髪をぐしゃぐしゃと掻《か》き、いつも通りの右分けに直した。

おかしな体型と言われたメップルは心外そうに「何を言うメポ！」と返した。そして携帯のような形のカードコミューンから、本来の姿へと戻った。

「この手、この足、この体！　光の園の選ばれし勇者として鍛《きた》え抜かれた、最高の肉体美メポ」

なぎさは頬《ほお》をひきつらせてメップルを見た。短い手足にぽよよんとしたおなか。下膨《しもぶく》れまらない。

の顔。プリティーなお尻からは先端が星の形をしたしっぽが生えている。本来の姿に戻ったメップルはぬいぐるみにそっくりで、鍛え抜かれた肉体美などという言葉は遠く当てはまらない。

「あんまりそういうふうには見えないけど……」

げんなりした感じでなぎさは言った。けれどメップルは聞こえなかったかのようにそれを受け流し、からかい口調で喋《しゃべ》る。

「そもそも、なぎさは外見よりもまず内面を磨くべきメポ。つまらないことですぐに怒ってばかりじゃ、いつまで経ってもミップルみたいにキレイにはなれないメポ」

「ふーん、そう。メップルの言うことはよく分かりました」

なぎさはメップルにつんと横顔を向けた。メップルは満足そうに頷《うなず》く。

「なぎさにしては素直だメポ」

メップルはベッドの上に短い足を伸ばして座った。両手をついて体を支える。その顔には疲労の色が滲《にじ》んでいた。

「ふう。やっぱりこの姿のままでいるのは疲れるメポ」

そう言うとメップルは一瞬にして、またカードコミューンの形に戻った。

メップルは元々、光の園と呼ばれる世界の住人だった。ある時、光の園は闇の勢力ドツクゾーンにより滅亡の危機に追いやられた。そこでメップルは光の園の柱、生命の石プリズムストーンを守るべく、なぎさの住むこの世界へ脱出して来たのだ。

この世界のことをメップルたち光の園の住人は、虹の園と呼んだ。光の園と虹の園は異なる次元に存在している。そのため、メップルが虹の園で実体化すると非常に多くの体力を消耗してしまう。ほんの少しの時間なら元の姿になることもできるが、通常はカードコミューンの形でしかいられないのだった。

「疲れたらおなかが減ったメポ。なぎさ、ご飯をくれメポ」

「イヤ」

なぎさはメップルに横顔を向けたまま、きっぱり断った。

「どーせわたしは怒りっぽくて可愛げがなくて意地悪みたいだから、お世話もしてあげません」

「そんなあ！　メップルは意地悪だなんて言ってないメポ！」

へそを曲げた様子のなぎさに、メップルは慌てた声を出した。

「……ちょっと、可愛げがないっていうのも言ってないでしょ？」

そこも否定しなさいよと、なぎさはじと目でメップルを見る。

「そうだったメポ。なぎさカワイーッ！　前髪もバッチリきまってるメポ」

「前髪はもういいってば」

「その服もよく似合ってるメポ。センスがいいメポ」

「ただの部屋着でしょ？」

なぎさは七分丈のズボンに、くたびれ気味のTシャツを着ている。似合っていると言われても、あまり嬉《うれ》しくはない。

「それからえーっと……あ！　足の小指の形もキレイだメポ」

メップルが調子よくそう言うと、なぎさはため息をついた。

「それ以外に褒《ほ》めるところはないわけ？　余計に落ち込むっつうの」

なぎさはうんざりした顔で立ち上がり、通学鞄《かばん》に付いたポーチを開けた。ポーチの中には数枚のカードが入っている。メガネに蝶《ちょう》ネクタイを締めた、先生のような出で立ちの者や、おしゃぶりを口にして眠っている赤ちゃんなど、いろいろな絵柄のカードがある。

なぎさはその中からコックの格好をしている光の園の住人が描かれたカード、オムプを取り出した。それをカードコミューンにスラッシュする。

カードをスラッシュするとシャボン玉のような、丸い空間が現れた。虹色に輝く不思議な空間の中で、メップルはテーブルの前に着席している。その隣に立っているのは手にフライパンを持ったオムプだ。

「メップル様、今日は何になさいますか」

食事係であるオムプは、うやうやしくメップルに尋ねた。

「今日はボリューム満点のカツ丼をがっつり食べたいメポ」

「カツ丼ですか……。失礼ですがメップル様、このところおなかの存在感が増してきたような。もう少しヘルシーな食事にしてはいかがでしょうか」

オムプはテーブルの上にさっと一皿置いた。魚と野菜が彩りよく丁寧に盛り付けられている。しかしメップルは不満げな目でそれを一瞥《いちべつ》した。

「メップルはカツ丼の気分だメポ。いいから早くカツ丼を出すメポ！」

「はいぃ！」

強い口調で命令されたオムプは慌《あわ》ててフライパンを動かした。またたく間にカツ丼を用意する。メップルはようやく笑顔になり、それをおいしそうに食べ始めた。

「まったく、ワガママなんだから」

一連の流れを見ていたなぎさがそう呟《つぶや》いた時、ドアの外から声が飛んできた。

「お姉ちゃん、ご飯もうすぐできるって」

弟の亮太《りょうた》の声だった。

「すぐ行くー！」

なぎさはカツ丼を食べて上機嫌なメップルに「静かにしててよね」と言い残して、ダイニングへ向かった。

なぎさのマンションはキッチンとダイニング、リビングがひと続きになっている。母の理恵《りえ》はキッチンに立ち、亮太はダイニングテーブルでゲームをしている。

なぎさもダイニングテーブルの席に着いた。白いテーブルの上のカゴに入ったリンゴとバナナが、照明の光をぼんやり反射している。

なぎさは亮太が持っているものに目を向けた。

「それ、あんたがずっと欲しがってたゲーム機じゃん。どうしたの？」

「買ってもらったんだー。いいでしょ」

亮太は見せびらかすようにゲーム機を突き出した。

「誕生日でもないのにどうしてそんなもの買ってもらえるのよ」

亮太はそのゲーム機を少し前から欲しがっていたが、とてもお小遣いで買える値段ではなかった。誕生日になるまで待ちなさいと理恵にたしなめられているのを、なぎさも聞いたことがある。それなのになぜか、亮太はちゃっかりゲーム機を手にしている。

弟だけがいいものを買ってもらったとなれば、なぎさは当然おもしろくない。ずるいと主張するように不平の声を漏らした。

「日頃の行いってやつかな。ボクはろくに勉強もしないでご飯ばっかりバクバク食べてるお姉ちゃんとは違うんだ」

「何言ってんのよ、あんただってテレビ見てげらげら笑ってるばっかりじゃない」

得意げな笑みを浮かべる亮太に、なぎさはすかさず反論した。そんな理由ではまるで納得できない。

「ちょっとお母さん、亮太ばっかりずるいんじゃない」

料理を盛り付けていた理恵は振り返って、少しばつの悪そうな顔をした。

「この間、算数のテストで100点を取ったら買ってあげるって約束しちゃったのよ。そうしたら本当に100点を取ってきたの。正直言うと私も亮太が算数で100点を取るなんて思ってなかったんだけど……」

「ボクはやればできる子なんだ」

なぎさは最近、亮太がリビングでテレビやマンガに笑い転げたり大泣きしている姿を見ていないことに気付いた。部屋にこもってしっかり勉強をしていたのかもしれない。

「えー、じゃあ今度のラクロスの試合で勝ったら、わたしにも新しい服買ってくれる?」

「ラクロスはなぎさが好きでやってるんでしょ。それよりちゃんと勉強してるんでしょうね。この間みたいな成績だったら、1週間お風呂掃除と洗濯をやってもらおうかしら」

「や、やだなあ。ご冗談を……」

「あら、冗談じゃないわよ」

「うう……有り得ない」

亮太に便乗するつもりが、逆に損な約束を取り付けられてしまいなぎさは肩を落とした。

タイマーが鳴り、魚焼きグリルが開かれる。部屋中に食欲をそそるいい匂いが漂う。

「そうそう、毎回そうやってペナルティーを決めれば、お姉ちゃんもちょっとはやる気が出るんじゃない」

「余計なこと言わんでよろしい！　あんたこそ、カンニングでもしたんじゃないの？」

「そんなことしないよ。実力に決まってるだろ」

亮太はムッとして言い返した。けれどすぐに何かを思い出した様子でズボンのポケットをまさぐり、奇妙なものを取り出した。

「でもひょっとしたら、これのおかげもあるかもしれないなあ」

亮太がポケットから出したのは、ショッキングピンクのマスコットだった。頭に白い皿が付いているところからすると、どうやらカッパのようだ。ド派手なカッパは哀愁《あいしゅう》を帯びた目で虚空を見ている。なぎさはそれを指先でつまみ、ためつすがめつ眺めた。

「何これ」

「知らないの？　ハッピーガッパー、日曜の朝にやってるアニメのキャラクターだよ。それを持ってると願いが叶《かな》うっていう都市伝説で今大人気じゃん」

亮太の説明を聞くと、なぎさは半笑いでマスコット人形を返した。亮太の話をまるで信じていないのが、その表情から窺《うかが》える。

「ふーん。亮太クン、そんなの信じてるんだあ。かわいー」

「な、なんだよ。自分だって昔は七夕の短冊に、バトルレンジャーになりたいとか書いてたくせに。小学生のボクでもそれはさすがにないなあ」

なぎさは突然痛い所を突かれて頬を赤らめた。

「それは言わない約束でしょ！」

「大食いレンジャーだったら、お姉ちゃんにも可能性あるかもね」

「亮太～！」

なぎさは勢いよく椅子から立ち、亮太の肩に手を伸ばした。亮太は危《あや》うい所でそれを避け、リビングの方へ逃走する。

「亮太待ちなさい！」

「やだ！　また痛いことするつもりだろ！」

なぎさと亮太はソファーの周りを回って一定の距離を保つ。なぎさが右に踏み出せば亮太は左へ、亮太が左へ逃げればなぎさは右に回る。互いの動きに全神経を集中させ、フェイントをかけ合う。

やがてなぎさがソファーを素早く乗り越え、亮太めがけて突進した。亮太は廊下へ逃げようとする。しかし、ちょうどそこへやって来た父の岳《たかし》に行く手を阻まれてしまう。亮太はもどかしそうにその場で足踏みする。

「お父さんどいてよ！」

「父さんは通《とお》さん。なーんてな」

岳はふざけて通せんぼする。亮太はついに捕まってしまった。なぎさは背後から亮太の左足に自分の左足を巻き付け、左腕を亮太の右わきの下に通らせてから首に回した。亮太の体は左横に90度近く曲げられる形になる。

「コブラツイストーッ」

「ぎゃあああっ。お父さん、見てないで助けてよ！」

岳は見慣れた風景に眉一つ動かさないまま着席した。

「コブラツイストを掛けられてコブだらけ。……いや、絞め技にコブだらけはおかしいか。コブラコブラ……コブラーマン……うーん、ダメだ。今日はギャグが冴《さ》えん」

「あら、どうしたの？　具合でも悪いの？」

料理を運ぶ理恵が心配そうに言った。

一方なぎさは力を込めて亮太に降参を促す。

「どう、降参する？」

「ギブキブ！　ギブだってば！」

助けを得られなかった亮太の悲痛な叫びが、夜のとばりに吸い込まれていった。

闇の力が支配する邪悪な世界、ドツクゾーン。そこは永久に光の差さない場所。生命の息吹を感じさせるものは何一つ存在しない。あるのは深い闇と、ドツクゾーンに蝕《むしば》まれエネルギーを吸い取られた他の世界の残骸だけ。鳥のさえずりや木の葉の揺れる音はおろか、天と地の分け目すらも明瞭にはない。不穏《ふおん》な色をした煙のような、もわもわとした気体があたり一面を覆って天と地との境を曖昧《あいまい》にしている。

不穏な色をした空間には巨大な鎖が縦横無尽に走っている。その鎖はすべてドックゾーンのコア、ジャアクキングへと繋《つな》がっていた。

「プリズムストーンはまだか」

ジャアクキングは苦しげにうめきつつ言った。

「早くプリズムストーンを我が手に……」

ジャアクキングは苛立たしげに鎖を震わせ、重い金属音を立てた。その声には疲労と苦痛とが色濃く滲《にじ》んでいる。

ドックゾーンはすべてを喰《く》らい尽くす闇の力によって、あらゆる世界のエネルギーを取り込んできた。しかしそのすべてを喰らい尽くす力は、ジャアクキング自身をも蝕んでいる。その苦しみから逃れるためには、すべてを生み出す力を持つプリズムストーンを手にする他ない。

ジャアクキングの前には、ぴっちりとしたボディスーツを纏《まと》った女性が直立不動の姿勢でいる。ポイズニーだ。赤みがかった長い黒髪の間から、パープル系のアイシャドウで縁《ふち》取られた目が覗《のぞ》く。赤く染められた唇とあいまって大人の雰囲気を醸し出している彼女だが、その表情は緊張に歪《ゆが》んでいた。

「もうしばらくお待ちください。プリズムストーンは必ずやこの私が、ヤツらから奪ってみせます」

ポイズニーの斜め後ろに佇《たたず》んでいたキリヤが、一歩前へ出た。

「ボクも手伝うよ、姉さん」

ポイズニーとは対照的に、キリヤはTシャツにハーフパンツというラフな格好をしている。ポイズニーを見る目は切れ長で、どこか生意気そうだ。

姉さんと呼ばれたポイズニーはキリヤの方に顔を向け、小さく頷《うなず》いた。

そこへイルクーボが口を挟んだ。

「しかし何か策はあるのか？　ポイズニー、お前はすでに数回ヤツらと交戦しているが、まだ成果は得られないままだ」

イルクーボは冷静な口調でそう言い、ポイズニーを見据《みす》えた。スキンヘッドで体に布を巻いた彼の肌は、ポイズニーやキリヤと異なり、水色と灰色を混ぜたような色をしている。あたたかみのないその肌に触れたなら、冷たい感触が返って来るに違いない。そう思わせる色だ。何を考えているのか分からない目には威圧感があり、底知れない力が宿っているかのようだ。

「なあに？　アタシの力を疑ってるってワケ」

「そうではない。だが、ピーサードとゲキドラーゴがヤツらにやられたのも事実だ」

「やっぱり疑ってんじゃない」

「ボクと姉さんを、あの二人と一緒にしないでほしいな」

キリヤが言うと、三人の周りを漂っていた火の玉がぐにゃりと揺れた。

イルクーボはキリヤとポイズニーを交互に見つつ、淡々と話す。

「いや、お前たちならば必ずプリズムストーンを取ってくることができるだろう。だが何事も不測の事態には備えておくべきだ。最近のジャアクキング様はいつにも増して苦しんでおられる様子。もしジャアクキング様自身がすべてを喰らい尽くす力に呑《の》まれてしまえば、このドックゾーンの存続に関わる」

「んなこと今更言われなくたって分かってるわよ」

「要するに何が言いたいんだよ」

ポイズニーとキリヤはややトゲのある声で返した。

ジャアクキングは彼らの会話を聞いているのかいないのか、もう何も言おうとはしない。長い腕をだらんと下げて、遥《はる》か高みから三人を見下ろしているだけだ。

「万が一プリズムストーンを奪取できなかった場合に備え、その代わりとなるものを用意しておいたらどうだという話だ」

ポイズニーは話の先を促すように片眉を上げた。

「聞けば虹の園には多種多様なエネルギーが渦巻いているという。そのエネルギーをドツクゾーンに持ち帰れば、ジャアクキング様の苦しみを少しは和らげることができるかもしれん」

「ピーサードが以前やろうとしていた手ね。ま、結局彼は失敗に終わったようだけど」

「しかしお前たちなら失敗などしない。そうだろう？」

イルクーボにそう言われるとポイズニーは目を伏せ、鼻で笑った。

「人をのせるのが上手いのね。いいわ、あなたがそこまで言うのならその通りにしましょ。問題ないわね？　キリヤ」

「姉さんの好きなようにしたらいいさ。ボクにはボクのやり方があるからね」

小柄なキリヤは飄々《ひょうひょう》と言ってポイズニーを見上げた。ポイズニーはそれに妖しい微笑みで応える。

イルクーボがキリヤに言った。

「キリヤはヤツらの学校に生徒として潜伏しているそうだな。ヤツらの隙《すき》を突くことはできそうか？」

「ここでそんな話をしても仕方がない。答えはすぐに分かるよ」

キリヤはそれだけ言い捨ててイルクーボに背を向けた。闇の彼方に歩き去っていく。

「イルクーボ。もし次にアタシたちがプリズムストーンを取って来れたら、アタシたちの力を疑ったお詫《わ》びとして一発芸でもやってもらうからそのつもりでね」

「イッパツゲイ……？　なんだそれは」

「ふっ、あなたってお堅いわねえ」

ポイズニーもキリヤの後を追う。

イルクーボは二人の後ろ姿を見送り、数字の0《ゼロ》の形をしたテーブルに手をついた。

遥《はる》か昔、邪悪なエネルギーと破壊の意志が闇の力を感じて混じり合った時、ドックゾーンは生まれた。その瞬間から、ドックゾーンは周りにあるものを手当たり次第に喰らい尽くし成長してきた。今イルクーボが立っているこの場所も、元々は平和な世界の住人が穏やかに暮らしていた土地だったかもしれない。

ジャアクキングの地を這《は》うようなうめき声が、静寂《せいじゃく》を破る。

ドックゾーンとジャアクキングの貪欲さは、決して尽きることがない。あらゆるものを喰らい尽くして成長するドックゾーンはその勢いを増し、ドックゾーンのコアであるジャアクキングの体さえも喰らい尽くそうとしている。ジャアクキングは自身の体を守るため、エネルギーを吸い取り続けなくてはならない。しかしエネルギーを得たドックゾーンはますます活発にジャアクキングを蝕んでいく。

それは永遠に続く苦しみだった。その苦しみはプリズムストーンの持つ、すべてを生み出す力を取り込むことによってのみ解決される。すべてを生み出す力を手に入れれば、ジャアクキングの体は常に再生される。七つのプリズムストーンをすべて手にした時、ジャアクキングは不滅の存在となりあらゆる世界を闇へと変えることができるのだった。

その妨げとなっているのが光の使者キュアブラックとキュアホワイトだった。光の園で得た五つのプリズムストーンを核として誕生した五人の闇の使者も、彼女たちのために二人消滅させられてしまった。現在ドツクゾーンにあるプリズムストーンは三つだけということになる。

これ以上プリズムストーンを失ってドツクゾーンを危機に晒《さら》すわけにはいかない。闇に生まれた者は、闇に生きるしかないのだから。

イルクーボは首から下げた紫色のプリズムストーンを握った。それは闇の中で暗く光った。

ベローネ学院女子中等部2年桜組の教室で、雪城《ゆきしろ》ほのかは本を読んでいた。開け放たれた窓からはセミの鳴き声と、緑や土の匂いを含んだ夏らしい空気が流れ込んでくる。たまに熱っぽい風が吹いてはクリーム色のカーテンがはためき、光と影が交互に窓側の席を染めた。

ホームルームまであと10分。生徒たちは思い思いの時を過ごしている。黒板の隅に何かの絵を描いては笑い合っているもの、男子部の噂話《うわさばなし》に花を咲かせているもの、今日までている。

の宿題を大慌てでこなしているものもいる。ベローネ学院は男子部と女子部に分かれているため、この教室には女子しかいない。それでも充分ににぎやかで開放的なムードが溢《あふ》れている。

ほのかは穏やかな表情で本の細かな文字を追っている。美しい姿勢で本を読むほのかの姿は、教室の中でほんの少しだが異質な感じがする。そこだけ空気が凛としているようだ。学年トップの成績を誇り、独特な雰囲気を持つほのかは、これまでクラスメートから積極的に声をかけられることはあまりなかった。しかしそれも最近は大きく事情が変わってきている。

「よし美《み》先生っ！　今日はセーフですよねっ」

大きな声と共に教室の引き戸が勢いよく開いた。勢いのつきすぎた戸は跳ね返り、再び閉じる。もう一度それが開くと、戸の向こうからなぎさが教室に入ってきた。

「……って、あれ？　まだホームルームの10分前？」

なぎさは壁にかかった時計をきょとんと眺めている。なぎさの派手な登場に一瞬静まり返っていた教室は、ほどなくして笑いの渦《うず》が巻き起こった。

「なぎさどうしたの。時計でも読み間違えたの？」

一人のクラスメートが気安い調子でなぎさに言った。

「いやあ、おかしいなあ」

なぎさは首をかしげつつ照れ笑いを浮かべた。

なぎさのドタバタっぷりにクラスメートたちは慣れているのか、教室はすぐに元の状態に戻った。なぎさは窓側にある自分の席に向かう。その途中でほのかと目が合った。

「おはよ、ほのか」

「おはよう、なぎさ。今日は早いのね」

ほのかはにこやかに挨拶を返し、そう尋ねた。

「登校中に道で見た時計が進んでたみたい。遅刻だーっと思って走ってきたのに、全然余裕なんだもん。びっくりしちゃった」

なぎさは自分の席まで行くのをやめて、ほのかの前の席に座った。通学鞄から下敷きを取り出して、激しくあおぐ。

「ただでさえ暑いのに、余計暑くなっちゃったよ」

「それは朝からお疲れさま」

ほのかは苦笑して本を閉じた。

なぎさの首筋に幾筋もの汗が流れる。なぎさはタオルでそれを拭《ぬぐ》った。外はすでに30度近い。数週間前までは雨続きで肌寒い日ばかりだったというのに、いつの間にかすっかり夏らしくなった。

「冷たいかき氷みたいなものを、頭がキーンってするくらい思いきり食べたいなあ」

「頭がキーンってなったら痛いじゃない」

「でも、氷を食べて頭が痛くなると夏が来たなって感じするじゃない。夏の風来坊《ふうらいぼう》ってやつ？」

「それを言うなら風物詩《ふうぶつし》でしょ」

ほのかの冷静な指摘を受けて、なぎさは「ああ……」と手を打った。

「そういえば、この前、隣のクラスは理科の時間にアイスキャンディーを作ったらしいわよ」

ほのかがそう言うと、なぎさは身を乗り出して目を輝かせた。

「学校でアイスキャンディーが食べられるなんて楽しそう！　そんな授業ばっかりだったら、理科も好きになれるんだけどな」

「もう、なぎさったら」

ほのかはおかしそうに目を細めた。

「暑いからといって冷たいものを食べすぎるのは良くないから気を付けてね。暑い時は胃の消化機能が低下するから、食欲が落ちてしまうの。そこに冷たいものを食べると、さらに胃の働きが悪くなってしまうのよ。しかも冷たいものは甘みを感じにくくするから、冷たくて甘いアイスなんかにはかなりの量の糖分が含まれている場合が多いわ。夏は冷たいものを食べるより、汗をかくことによって不足しがちなビタミンやミネラルをきちんと摂って、規則正しい生活を送ることが大切なのよ」

ほのかは教科書を音読しているかのようにすらすらと、淀《よど》みなく説明した。

勉強好きなほのかは非常に博識で、どのような分野のことでも一聞けば十返ってくる。

そのためウンチク女王の異名が付けられているくらいだ。

「でもやっぱり暑い時に食べるアイスキャンディーはおいしいから、私も食べちゃうんだけどね」

ほのかはおちゃめっぽく付け足した。

最近ほのかと一緒にいる時間の多いなぎさは、今更そのウンチク女王っぷりに感心もしない。

「うん、ほのかが食べるならわたしも食べる」

とだけ返して、下敷きで自分に風を送り続ける。ぺよんぺよん、と間の抜けた独特な音が鳴る。

そこに二人のクラスメートが近寄って来た。なぎさと同じラクロス部の高清水莉奈《たかしみずりな》と久保田志穂《くぼたしほ》だ。

「ねえ、さっきのは一体なんだったの？」

背の高い莉奈がなぎさの前に立って尋ねた。

「ていうかていうかていうか、もしかしなくても、いつものおっちょこちょい？」

志穂がからかうように言う。

「それがさ――」

なぎさは先ほどほのかに話した内容を二人にも説明しようとして、口を開いた。しかしそれは鼻にかかった特徴的な声によって妨げられてしまった。

「この気配はミップルだメポ！　なぎさ、ミップルに会わせるメポ！」

「やばっ」

なぎさは机の上に置いていた通学鞄を素早く抱き寄せた。鞄に付いた白とピンクのポーチが揺れる。

莉奈と志穂は不思議そうにあたりを見回す。

「今、変な声がしなかった？　メポとかなんとか」

「したしたした！　たしかこのあたりから……」

まゆげの上で切り揃《そろ》えられた短い前髪の下で志穂の大きな目が、なぎさの通学鞄を見た。なぎさは「ギクリ」という効果音が聞こえてきそうなほど露骨に体を硬直させて、あちこちに視線を泳がせる。

「い、言ってなかったっけ。わたし今度、腹話術《ふくわじゅつ》コンテストに出るんだ。それで猛練習をしてるところなんだメポ、なんちゃって……」

「なぎさが腹話術？　そんなの初めて聞いたけど」

莉奈が怪訝《けげん》そうに言った。

「こ、これでも結構期待されてるんだよ。腹話術の申し子だとか言われちゃってさ」

「でもでもでも、なんで語尾にメポを付けるの？」

志穂に追及されてなぎさは言い淀んだ。

「ええっと、それは……。メポっていう言葉にはとても深い意味が隠されてるんだけど……。メポ、メポ……メープルシロップじゃなくて……」

なぎさは大げさな身振り手振りで、適当な説明をひり出そうとする。しかし出てくるのは意味をなさない唸《うな》り声ばかり。そこで、これまで静かに成り行きを見守っていたほのかが呟いた。

「メポ、メポ……メソポタミア？」

「メソポタミア？」

莉奈と志穂は声を合わせて言い、顔を見合わせた。あまりに意外な単語が出てきたために、どう反応したらいいのか分からないようだ。しかしなぎさだけはこの助け舟にすぐさま飛びついた。

「それそれ！　メソポタポタ！」

「……間違ってるし」

莉奈はため息まじりに言って、ほのかの方を向いた。

「それで、メソポタミアがなんなの？」

それまで困惑気味《こんわくぎみ》に眉尻を下げていたほのかだったが、莉奈に問われるといつもの柔和な顔に戻った。

「メソポタミアの場所は、チグリス川とユーフラテス川の間。今のイラクの一部よ。シュメール人が繁栄させたメソポタミア文明は世界最古の文明とされていて、紀元前3500年頃に作られたとされてる。くさび形文字、六十進法、太陰太陽暦、七曜制を生み出したことで有名よね。現在でも謎が多いだけに、たくさんの人の興味をひいているらしいわ」

「へー、さすが雪城さん。なんかよく分からなかったけど、物知りだね」

ほのかのウンチク女王ぶりに、志穂は感嘆の声をあげた。しかし莉奈はまったく納得いかないようで、すぐに志穂の感嘆を打ち消した。

「いやいや、メソポタミアがどういうものかを聞いたんじゃないの。どうして腹話術にメソポタミアが出てくるのか聞いてるのよ」

「そ、それは……」

今度はほのかが口をもごもごさせる番だった。莉奈と志穂の視線を受けて、ほのかは頬をひきつらせる。するとほのかのものではない、高いトーンの声が教室に響いた。

「メップル？　メップルがそこにいるミポ？」

その声を聞いた莉奈と志穂はさらなる驚きに目を丸くした。

「今の誰⁉」

「さっきとは違う声だった！」

志穂はほのかの机の周りを一周した。腰をかがめ、注意深く声の発信源を特定しようとしている。

「たしかこのあたりから聞こえたんだけど……。ねえ、雪城さんも聞こえたよね？」

志穂に問われて、ほのかは曖昧に笑った。志穂の顔と、机の脇に掛かったほのかの通学鞄との距離はほんの数センチに迫っている。ほのかの通学鞄には、なぎさとお揃《そろ》いのポーチが下がっている。志穂の手は今にもそこに伸びていきそうだ。

「じ、じつは次の腹話術コンテスト、ほのかと一緒に出場するんだ」

なぎさが言った。

「えっ！　まじまじまじまじい？」

志穂は立ち上がり、椅子に座ったままのほのかを見下ろした。志穂の顔とポーチとの距離が一気にひらく。

「そうなのミポ。なぎさと一緒に頑張るミポ」

少しのためらいを見せた後、ほのかは渾身《こんしん》の裏声を出した。

「そういうわけで、わたしたちは腹話術の練習があるからっ」

「ホームルームまでには戻って来るミポ」

なぎさとほのかはそれぞれ通学鞄を手にした。そして莉奈と志穂からさらなるツッコミを受ける前にと、あわただしく教室から出て行った。

莉奈と志穂は、二人の突拍子もない行動を啞然《あぜん》と見守るしかなかった。教室の後ろの引き戸から走り去っていった二人の姿が一拍間を置いて、開け放たれた前方の引き戸の向こうにちらりと見える。なぎさとほのか、どちらの横顔にも焦《あせ》りの色が浮かんでいる。

「雪城さんが、腹話術……？」

莉奈が信じられない、というニュアンスを込めて呟く。

「雪城さん、なぎさと一緒にいるようになってから、ちょっと変わったよね」

志穂はそう言って、ほのかの綺麗《きれい》に磨かれた机を見た。

他のみんなとはちょっと違う、特別な感じのクラスメートはもういない。今いるのは意外に話しやすく、たまに天然なところのある普通のクラスメートだった。


なぎさとほのかはトイレに駆け込んだ。個室のドアはすべて開いている。先客はいないようだ。それを確認すると二人はお揃いのポーチからカードコミューンを出した。なぎさが手にしたコミューンはたちまち形を変え、元の姿のメップルが現れる。ほのかのコミューンも同じように、光の園の住人の姿になった。それはメップルと共にプリズムストーンを守るため、虹の園へとやって来た希望の姫君、ミップルだ。

「ミップル～！」

「メップル～！」

ミップルとメップルは洗面台の縁の上で駆け寄って両手を繋ぎ合った。嬉しくてたまらないというように、その場でぴょんぴょん跳ねる。

「今日もミップルに会えて嬉しいメポ」

「ミップルの方が嬉しいミポ」

「いーやっ！　メップルの方が嬉しいメポ！」

ミップルとメップルはおしくらまんじゅうをするように背中をくっつけて互いを押し合った。その顔には満面の笑みが浮かんでいる。

ミップルはほんの少しだが、メップルよりも体が小さい。全身がピンク色で、耳はロップイヤーのうさぎに似た垂れた形をしている。ハート形をしたしっぽの先がメップルの星形のしっぽの先と絡み合って、楽しげなリズムを取る。ほっぺたもぽってりしていて、とてもフェミニンな感じの容姿だ。そのため単体だと可愛いぬいぐるみに見えてしまうメップルも、ミップルの隣にいるとどこか逞《たくま》しく見える。お似合いなこの二人は、光の園にいた時からの恋人同士だった。

「ラーブラーブメップル」

「ラーブラーブミップル」

メップルはなぎさと、ミップルはほのかと行動を共にしている上、学校では基本的に、おしゃぶりをくわえたネルプのお世話カードによって寝かされている。この恋人たちが会える時間はそれほど多くはない。だから二人は顔を合わせるたびに、見事なまでのラブラブっぷりを披露してくれるのだった。

「なんとかごまかせて良かったわね」

ほのかがなぎさに言った。

「ごめん。学校に来る前にメップルを寝かせるの忘れちゃったみたい」

なぎさは謝り、ラブラブ中のメップルを睨《にら》んだ。

「ちょっとメップル。学校ではいきなり喋《しゃべ》らないでって、いつも言ってるでしょ」

「いつどこで喋ろうがメップルの勝手メポ」

メップルはミップルとイチャつくのを一時中断して、なぎさに言い返した。反省の素振りはかけらも見られない。

「勝手じゃ済まないの。みんなにメップルやミップルのことがバレたら大騒ぎになっちゃうんだから」

「どうして騒ぎになったら困るメポ？」

「どうしてってそりゃあ……マスコミの人が大勢押しかけてくるかもしれないし、未確認生物だー！　とか言われて、マッドなサイエンティストにいろいろひどいことされちゃうかもしれないし」

メップルとミップルがよほど恐ろしい目に遭っている図を想像しているのか、なぎさは自分の言葉に身震いしつつ言った。メップルはそんななぎさを鼻で笑う。

「なぎさはマンガの読みすぎメポ。それに、こんなに可愛いミップルを見れば誰もひどいことをしようなんて気にはならないメポ。ああ、なぎさの次に見ると一際ミップルが可愛く見えるメポ」

「それはなぎさに悪いミポ」

ミップルは元々ピンク色のほっぺたを、さらに濃いピンク色に染めた。言葉とは裏腹にまんざらでもなさそうな反応だ。

「それどういう意味よ」

なぎさがメップルに詰め寄ると、メップルはあさっての方を向いて知らん顔をする。

一方、ミップルはほのかを見上げ、申し訳なさそうに言った。

「ほのか、さっきは迷惑をかけてごめんミポ」

「いいのよ。上手くごまかせたんだし、気にしないで」

ほのかはミップルの謝罪をやんわり受け入れる。たったそれだけのやり取りで、教室でのごたごたは水に流されてしまった。余計《よけい》な口ゲンカなどに発展する可能性は少しもない。

なぎさはほのかとミップルを指し、メップルに言い放った。

「どうしてあんたはこういうふうに言えないわけ？　恋人ならミップルの素直さを見習いなさいよ」

「それはこっちの台詞《せりふ》メポ。なぎさもちょっとはほのかを見習うメポ」

メップルとなぎさは一歩も譲らずに火花を散らす。そして二人同時にぷいと顔を背けた。

「じゃ、もう教室に戻るわよ。早くしないとよし美先生が来ちゃう」

なぎさは通学鞄を肩に掛け、トイレの出口に行きかける。しかしメップルはそれに続こうとしなかった。

「イヤだメポ。まだ全然ミップルとイチャイチャしてないメポ」

「さっき充分してたでしょうが」

「まだまだ足りないんだメポ！」

メップルの横のミップルも、悲しそうな目でまだ離れたくないと訴えている。

「今日、またメップルに会えるミポ？」

ミップルはほのかに聞いた。

「どうかしら……」

ほのかはなぎさに、どうすると視線で問いかけた。なぎさは答えに迷った。メップルとミップルを会わせるには、放課後に人気のない場所でほのかと二人きりになる必要がある。けれど今日は部活があるし、なぎさなりにいろいろやりたいことだってある。

「そうだミポ。ほのかが好きなアレを、たまにはなぎさと一緒にやったらどうミポ?」

「アレ? アレって何?」

なぎさはミップルに尋ねた。

「机に向かって、難しい顔や嬉しそうな顔を一人でやるアレミポ」

「……ほのか、一体家で何やってるの?」

なぎさはほのかに疑わしげな視線を向けた。何やら怪しい行動のように聞こえる。

「ただの勉強よ。……私、そんなにいろんな顔してた?」

それを聞いたメップルはすぐさま話に乗った。

「それはぜひともほのかに教えてもらうべきだメポ。何しろなぎさは昨日も成績のことで怒られてたのが、メップルのところにまで聞こえてきたメポ」

「べつに怒られてたわけじゃないでしょ」

なぎさは決まり悪そうに言った。

「なぎさ、どうする? この子たちも会いたがってるし、良かったら放課後にうちで勉強会しない?」

ほのかの提案を受けてもなぎさにはまだ迷いがあった。期末テストまでにはあと1週間ある。自称ドタンバで集中力を発揮するタイプのなぎさとしては、まだテストのことを考えられない時期だ。しかし首を横に振りかけた時、昨晩母に言われた言葉がなぎさの耳に蘇《よみがえ》った。

——次のテストも前回みたいな結果だったら、お風呂掃除と洗濯1週間よ。

一方的に取り付けられたその約束を思い出して、なぎさの答えは決まった。

「そうだね。せっかくほのかがそう言ってくれたんだし、今日は勉強会にしよっか」

ミップルとメップルは大喜びで抱きつき合った。するとそこで体力の限界が来てしまったのか、どちらもカードコミューンの形に戻った。

「メップルとイチャイチャするのは楽しいけど、やっぱり元の姿は疲れるミポ」

「また後で思う存分イチャイチャするメポ」

二人は簡単な別れを口にして、コミューンの蓋《ふた》を閉じた。なぎさはメップルを、ほのかはミップルをポーチの中へ入れる。

「それじゃあ今日の放課後、部活が終わったら校門で待ち合わせしましょ」

「うん！　……って、この音ホームルーム開始のチャイムじゃない⁉」

耳を澄ますと聞き慣れたチャイムの音が、ドア越しに鳴っている。なぎさとほのかは無言のまま、表情だけで「いけない！」と叫び合った。そして同じタイミングで視線を外すと急いで鞄を肩に掛けた。

トイレのドアが軋《きし》んだ音を立てて開き、あわただしく閉まった。

1時間目は数学で、ほのかは難問をすらすら解きみんなを驚かせた。3時間目の水泳では、なぎさがプールサイドで足を滑らせて水に落ち、やっぱりみんなを驚かせた。6時間目は学活で、体育祭のスローガンについて話し合った。クラス委員であるなぎさとほのかが司会進行を務めたが、途中でなぎさのおなかが鳴り、それをほのかがカラスの鳴き声と勘違いしてみんなを笑わせた。

一日の授業が終わる頃には、気温も若干《じゃっかん》下がり始めていた。夕方の気配が風にまざる。けれど太陽はまだ元気で、グラウンドには濃い影がいくつも伸びている。

グラウンドの片隅で、ラクロスのボールが飛ぶ。長いスティックの網から網へ、せわしなく飛び回る。グローブをはめた部員たちは真剣な顔つきで、ボールの行方と相手の一挙一動に目を配る。ラクロス部は試合形式の練習を行っていた。

「志穂ーっ！」

莉奈のスティックから迷いなく飛び出したボールは一直線に志穂へ向かう。志穂はスティックを右斜め上に高く上げ、それを受け取る。小刻みにスティックを動かしながら、ゴールへ走る。相手チームの一人が立ちはだかり、志穂の行く手を阻んだ。ボールと相手の動きに注意を払いつつ、志穂は素早く味方の姿を探した。なぎさと目が合う。二人は一瞬の視線のやり取りで意志を疎通させる。志穂は持ち前の俊敏《しゅんびん》さで相手のブロックを崩し、なぎさにパスをした。

「行けーっ！　なぎさー！」

なぎさのスティックにボールが飛び込む。ゴールはそう遠くない。すぐに相手チームは二人がかりでなぎさの前に壁を作る。なぎさは相手に背を向ける形で隙を窺う。ちょっとの雑念も許されない局面だ。スティックが腕と一体化したような感覚。四角いゴールとゴールに挟まれた、この狭いスペースが世界のすべてになる。

　右に大きく踏み出す。相手がそれに反応し、わずかにブロックの形が崩れたのを背中で感じる。フェイントにかかった壁の隙を突き、なぎさはまっすぐゴールへ駆ける。相手チームは声を張り上げて守備を促す。ブロックを抜かれた二人がなぎさを追う。ゴール前にいたディフェンスが、なぎさを止めにかかる。なぎさはスピードに乗ったまま、鮮やかにそれを抜く。

　ゴールを守るゴーリーが膝を落とし、なぎさと対峙《たいじ》する。防具越しの目が緊張に光る。なぎさはゴールの左下に狙いを定め、思いきりスティックを振った。ボールはゴーリーの足元を抜けて、ゴールに入った。

「よっしゃー！」

「なぎさ、ナイッシュー！」

　チームメートがなぎさのシュートに沸いた。

　練習後、女子ラクロス部員はベンチの周りに集まった。汗を拭くパウダーシートの石けんに似た香りが、数人から漂う。みんな練習中とは打って変わり、気楽でのびのびした雰囲気だ。とくになぎさは満足そうに両の目尻を下げている。というのも、思いがけない人物からの差し入れのおかげだった。

「おいしー！　やっぱすいかを食べると、夏が来たって感じだよね」

ベンチの上には三角形にカットされたすいかが並んでいる。なぎさはそれを頬張って喉を鳴らした。すいかはまだ冷たく、運動後の火照《ほて》った体に心地良く染み渡る。

「すいかを差し入れしてくれるなんて、教頭先生もたまにはいいとこあるよね」

莉奈も嬉しそうにすいかを食べ進めている。

隣の志穂は首に掛かったタオルで口を拭った。赤い汁が白い布に移る。

「言えてる言えてる言えてる！　ただの口うるさいおじさんから、ただの口うるさいメガネに格上げって感じ？」

「なんでも親戚の農家から大量にすいかをもらって、各運動部に配ってるらしいよ。……っていうか志穂、それはどっちかというと格下げなんじゃないの？」

莉奈に言われて、志穂はいたずらがバレた時のように、ニッと歯を見せた。なぎさは二人の話に耳を傾けつつ、すいかのおかわりに手を伸ばす。

「細かいことはどっちでもいいって。すいかがおいしいことに変わりはないんだから。というワケで、もう1個」

「こら。なぎさはもう二つ食べたでしょ」

莉奈に手の甲を叩かれて、なぎさは手を引っ込めた。

「アハハ……冗談冗談」

なぎさは皮だけになったすいかをバケツの中に捨てた。バケツにはかなりの数の皮が溜《た》まっている。食べ方はいろいろで、まだ赤い部分がかなり残っているものもあれば、白い部分すらほとんどかじり取られているものもある。なぎさのは間違いなく後者に属していた。

志穂はなぎさが捨てた皮を見て言った。

「なぎさが言うと冗談に聞こえないんだよね。この前もあたしのお弁当のタコさんウィンナー、勝手に食べちゃったし」

「あれは志穂が嫌いだって言うから」

「あたしが嫌いって言ったのはタコでしょ。しかも味じゃなくて見た目の方。タコさんウィンナーにはなんの問題もなし！」

莉奈はやれやれというように肩をすくめた。この会話がされるのは、もう3回目だ。志穂も本気で怒っているのではなく、一種のネタとしてなぎさをいじっているのが傍目から見ても分かる。なぎさは半分笑い、それでももう半分は申し訳なさそうにして、顔の前で手を合わせた。

「ごめんって。まだ怒ってる？」

「べつに怒ってないけど。そんな食いしん坊のなぎさに、いいニュースを持って来てあげたの」

志穂はラクロススティックを入れるケースのポケットから、一枚の紙を出した。四角く折り畳まれたそれをなぎさに手渡す。なぎさが紙を開くと、魅惑的な文字が目に飛び込んで来た。

「デザートバイキング⁉」

カラフルなスイーツがまるでショーケースの中の宝石のように行儀よく並んでいる写真を見て、なぎさは顔を輝かせた。何十種類もの可愛いスイーツが整列している店の様子は、メルヘンチックな内装とあいまって「ヘンゼルとグレーテル」に出て来るお菓子の家を彷彿《ほうふつ》とさせる。

莉奈がなぎさの持っている紙を横から覗き込んだ。

「あ、これ知ってる。近くの駅前にできたらしいね」

莉奈の言葉に志穂が続ける。

「そ！　ケーキにフルーツ、アイスはもちろん、チョコが出て来る蛇口もあるんだって」

「チョコが出て来る蛇口」のフレーズに、なぎさは一層の興奮を示した。

「蛇口からチョコ！　それサイコー！　そんな蛇口があったら水筒にチョコ入れて、部活中にもお弁当の時にもお風呂上がりの一杯にも飲んじゃうなあ」

「それはちょっと……」

「あんまり考えたくないかも」

なぎさのチョコ愛に、莉奈と志穂は引き気味だ。なぎさのチョコ好きは部内でも有名だが、その偏愛ぶりはあまり常識的とは言えない。おやつとしてはもちろん、ご飯のおかずにだってタコ焼きにかけるソースの代わりにだってしてしまいたいらしい。その話を聞いた時、チョコのかかったタコ焼きを想像した莉奈と志穂は、危うくチョコが嫌いになるところだった。

「いいなあ、行きたいなあ。今度、みんなで行こうよ」

なぎさの誘いに、莉奈は思案顔をする。

「でもそれホテルのバイキングだから、ちょっと高いんだよね」

よく見るとチラシの下部には小さな字で一人あたりの料金が書いてあった。

「あ、ホントだ」

なぎさは落胆《らくたん》して呟いた。中学生のお財布にはダメージの大きい金額だった。

「それにそれにぃ、どうせリッチなバイキングに行くなら、デートで行きたいよね」

「え？　でも志穂、付き合ってる人いないよね？」

なぎさが言った。志穂はなぎさから受け取ったチラシをまた四角く折り畳み、うちわ代わりにしてあおぎながら答える。

「いないけど、希望のハナシ。好きな人と好きなデザートを食べたら、相乗効果ですっごい楽しい時間が過ごせそうじゃない？」

志穂は同意を求めたが、隣の莉奈はそれに賛成しかねる様子だ。

「そうかなあ。好きな人の前であんまりバクバク食べると引かれそうだし、私は違うところの方がいいかな」

「じゃ、どこがいいの？」

「ウォーターパークとか。ほら、この前水槽が壊れて中の魚たちが出て来ちゃったらしいじゃない？　そんな時、好きな人が私を危険なサメから守ってくれたりしたらときめくよね」

「何それ。超ウケる」

莉奈と志穂の無邪気な会話に、なぎさは乾いた笑いを漏らした。プリズムストーンを狙ってやって来たドツクゾーンからの使者ゲキドラーゴと、ウォーターパークで戦いを繰り広げたことは記憶に新しい。そこでブラックとホワイト、つまりなぎさとほのかはゲキドラーゴを倒し二つ目のプリズムストーンを取り返した。

「なぎさはどんなデートがいいの？」

その時のことを思い出しかけていると、莉奈に話しかけられた。

「わたしは別に、なんだっていいけど……」

なぎさは照れ隠しに、そういうことにはあまり興味がない風を装って言った。しかしその脳内では、楽しいデート風景が明確なビジョンを持って再生される。

公園の噴水の縁《ふち》に腰掛けて、彼を待つなぎさ。いつもよりちょっとおしゃれをして、空色のスカートを穿《は》いている。水面に映る自分は努力の甲斐《かい》あり、我ながらきまっている。

ふと公園の入り口に目を向ける。そこには花束を持った彼の姿があった。笑顔が爽やかなサッカー部の3年生、藤村省吾《ふじむらしょうご》だ。藤村はなぎさと目が合うと急いで駆け寄って来る。ここまでも走って来たのか、その息は少し乱れている。

「やあ、美墨さん」

彼は爽やかに言った。

なぎさはそこで恥ずかしさに耐えきれなくなった。頭を激しく振って想像を追い払おうとする。

「有り得ない有り得ない有り得ない！」

そんななぎさの不審な行動を、後ろに立った人物は心配そうに眺めている。

「美墨さん？　どうかしたの？」

「いえなんでも……って、藤P先輩⁉」

なぎさに声をかけたのは本物の藤村だった。部活中のようで、サッカーのユニフォームを着ている。その明るい白が眩《まぶ》しい。

彼の隣には同じ格好をした人がもう一人立っていて、あたりを見回していた。

「こっちにボールが飛んでこなかったかな」

「あ……ええと……」

藤村に問われても、なぎさはうわずった声をあげるので精一杯だった。血液が頭の方へ上ってくる。不意を突かれた驚きと、妙な行動を見られた恥ずかしさと、さっきまでの想像の余韻とがないまぜになって何も考えられない。藤村の目、焦げ茶色の髪、ユニフォーム。どこに焦点を定めたらいいのか分からず、視線がさまよう。

「おい、あったぜ。あそこだ」

藤村と一緒に来たサッカー部員、木俣《きまた》が木の陰を指差した。そこにはサッカーボールが転がっていた。

「ああ、良かった。……ん？」

藤村はサッカーボールを確認した後、なぎさを見て微笑んだ。彼の手がなぎさの顔に近づいてくる。反射的になぎさは顎を引いた。

浅黒い大きな手は、なぎさの頬にかかった髪に触れた。

「美墨さんたちもすいか食べたんだ。おいしかったよね」

藤村の指にはすいかの種が摘まれている。

「じゃあね！」

藤村は片手を上げて、走り去って行った。木俣とボールをパスし合いながら、男子部のグラウンドの方へ駆けていく。なぎさとラクロス部員の皆はポーッとした顔でその後ろ姿を見送った。

「かっこいいよね、藤P先輩」

「だねえ。ファンになっちゃう」

数人がうっとりした声で同じようなことを呟く。なぎさは何も言わずに下を向いた。藤村が立っていた所にすいかの種が落ちている。彼がなぎさの髪から取ったものだ。なぎさはそれを見つめて、そっと自分の髪に触れた。

「藤P先輩って人気あるのに彼女作らないよね。どんな子がタイプなんだろ」

莉奈の言葉に、志穂が挙手した。

「ハイハイハイ！　あたし知ってるよ！」

なぎさはそれに反応して、志穂に注目する。

「色白な子が好きなんだって。この前藤P先輩の友達が話してるのをたまたま聞いちゃったんだよね」

志穂は得意げに言った。それを聞いた莉奈は残念そうに自分の腕を見た。

「色白な子かあ。屋外で練習する運動部にはちょっと厳しい条件かも」

「それもそうだけど、莉奈はキリヤくんがお気に入りじゃなかったの？」

「キリヤくんはキリヤくん。藤P先輩は藤P先輩。どっちもいいところがあるの」

「何それ。莉奈ってば調子いいー」

「そう言う志穂だってミーハーじゃない」

「あたしはミーハーなんじゃなくて、人の長所を見つけるのが上手いだけだから」

莉奈と志穂の会話を聞き流しつつ、なぎさは自らの体を見下ろした。ラクロスのユニフォームである巻きスカートからは見慣れた脚が伸びている。特別まっ黒に日焼けしているわけではないが、色白とは言いがたい。部活の間中、強い日差しに晒《さら》されているぶん平均よりもやや焼けている方かもしれない。なぎさは密かにため息をついた。

と、そこに白い2本の脚が視界の中へ映り込んできた。なぎさが顔を上げると、それはほのかだった。

「部活終わったところ？　お疲れさま」

ほのかはもう部活を終えたようで、手には通学鞄を持っている。部活中に着ている白衣も今は身につけていない。

「うん！　ダッシュで着替えてくるから、ちょっと待ってて」

「そんなに急がなくても大丈夫よ」

あわただしくラクロスティックを持ち、部室へ走ろうとするなぎさをほのかが制する。

「なぎさ、雪城さんと遊びに行くの？」

莉奈がなぎさに尋ねた。

「遊びじゃなくて、今日は勉強会」

なぎさの答えに、莉奈は意外そうな声をあげた。

「へえ、なぎさが勉強会ねえ」

「ムリムリムリ！　なぎさって試験前日の夜にならないとやる気出ないタイプじゃん。今から勉強しようとしたって、だらだらおしゃべりすることになるだけだよ」

なぎさの試験に対する姿勢をよく知っている志穂は、決まりきったことのように言った。

「そんなことない。今回はほのかという強い味方がいるんだから」

なぎさは志穂の言葉を力強く否定して、ほのかの肩を抱く。

「あんまり頼りにされても……」

ほのかは苦笑して、困ったように小首をかしげた。

「志穂と莉奈はもう勉強してるの？」

なぎさに問われ、二人は目を合わせた。ちょっとしたいたずらがバレた時のような、くすぐったい表情を二人揃《そろ》って浮かべている。

「まだ始めてないけど、まあ大丈夫かな」

莉奈の台詞に志穂も続く。

「うん。あたしも大丈夫……って信じてる」

「二人とも余裕なんだ」

今度はなぎさが意外そうな顔をする番だった。これまで、試験やばいとか全然勉強してないとか言い合うことはあっても、二人にこんな余裕を見せつけられることはなかった。

「余裕っていうか、これにお願いしてるんだ」

莉奈はポケットの中からショッキングピンクのマスコットを取り出した。哀愁のあるカッパの顔と目が合う。なぎさはそれに見覚えがあった。

「これ、ハッピーナントカってやつ？」

「ハッピーガッパー。持ってる人の願いを叶《かな》えてくれるって噂《うわさ》の」

志穂は莉奈のそれと同じものを服の下から出して、ほのかに見せた。

「あたしも持ってるんだ」

ほのかは目の前に差し出されたハッピーガッパーをまじまじと見る。

「それで久保田さんと高清水さんは、試験が上手くいきますようにってお願いをしているの？」

「うん。そんな感じ」

志穂はやや決まり悪そうだ。学年トップの成績を誇るほのかに向かって、こんな願掛けをしていると言うのはなんだか後ろめたいような感じがするのだろう。

「えー、そういうのって他力ガンマンって言うんじゃないの？」

「他力本願《たりきほんがん》、でしょ」

なぎさが志穂と莉奈に言った。すかさずほのかがその間違いを正す。

「ガンマンって何よ。何を撃ち抜いちゃうつもりなのよ」

莉奈にも突っ込まれ、なぎさはおどけた表情を作ってみせた。

「他力本願と言えばそうかもしれないけど、自己暗示っていうの？　こういうのがあると、本当にいつも以上の力が発揮できそうな気がするじゃない。隣のクラスの子なんて、これをお守りにして告《こく》ったらオーケーもらえたみたいだし」

莉奈が言うのを聞いて、なぎさの頭には藤村の姿がよぎった。藤村の手に触れられた髪のあたりが変にむずむずする。

「それにそれにそれにぃ、これ普通に買うと結構高いんだけど、若葉野《わかばの》公園の露店では一つ50円で売ってるんだよね。しかも二つ買うと、オマケでもう二つ付いて来る！」

「安っ。それ、ちょっと怪しくない？」

「そお？　まあ安いぶんにはいいじゃん？」

志穂は調子よく言って、マスコットをポケットの中に戻した。学業に関係ないものを所持していることを教頭先生に知られたら、きっと没収《ぼっしゅう》されてしまうだろう。

「そうねえ。そんなに安いなら、神頼みに買ってみてもいいかも。ほのか、帰りに一瞬だけ公園寄って行ってもいい？」

「うん、いいわよ」

ほのかは快《こころよ》く頷いた。

「……でも、昨日亮太が持ってたのと微妙に違う気もするけど……」

なぎさは莉奈のマスコットを手に取って、もう一度よく観察してみた。昨日の夜、亮太に見せてもらったマスコットはちゃんと丸い目が付いていたし、頭の上には一目で皿と分かるものが付いていた。しかし莉奈の持っているマスコットは、小さなボタンが目の代わりを果たし、頭の上には丸いフェルトが適当に貼り付けられているだけだ。そのせいか亮太のものよりも数段安っぽく見える。

「じゃ、着替えに行こっか」

しかし志穂に声を掛けられて、なぎさの疑問は吹き飛んだ。

「そうだった！　ほのか、すぐ行くから校門で待ってて」

「うん。また後でね」

ほのかはなぎさに背を向けて、一人校門の方へ歩いていく。なぎさは肩にラクロススティックをかけ、みんなと一緒にグラウンドを突っ切った。

午後5時過ぎ、オレンジ色に染まった若葉野公園は、ゆったりとした時が流れていた。手を繋《つな》いだカップルに、犬を連れた人。ランニング中の若者がたまに通るだけで、園内には落ち着いた雰囲気が漂っている。あちこちに植わっている木の、深い緑色をした葉がその雰囲気に拍車をかける。

ただ狭い湖に面した一角だけが違った。そこだけが他の空間と隔絶されているようだった。

地面に畳一枚ぶんほどの大きさのゴザが敷いてある。その上に巨大なカッパが正座していた。カッパはまばたき一つせず、まっ黒な目を見開いている。間の抜けた感じの、ひょうきんな顔をしているが表情と呼べるものはない。巨大ガッパは若葉野公園の中で完全に浮いていた。誰もがその前を通るたび、ぎょっとした顔で二度見した。そして今、カッパは元気を持て余した小学生の恰好《かっこう》の餌食《えじき》となっていた。

「なんだこれ。ヘンなのー」

「中にヒトいるんだろ？　出て来いよ」

小学校低学年ほどの男の子が、二人がかりで巨大ガッパをいじっている。一人は木の枝で太ったおなかを突っつき、もう一人は頭を引っこ抜こうと必死だ。カッパは頭を取られないように守りつつ、たまに腕を振って子供たちを追い払おうとする。しかしショッキングピンクの毛に覆われた柔らかな腕を不器用に振り回したところで子供二人を撃退《げきたい》できるはずもない。カッパのささやかな抵抗はかえって子供たちの悪戯心《いたずらごころ》を一層たきつけるだけだった。

「やめなよ」

小学生たちが二人揃ってカッパの頭に狙いを定め、それを本格的に取り外そうとした時だった。突然後ろから、第三者の声が降ってきた。

「ネコ君が困ってるだろ」

子供たちが振り向くと、そこには制服姿の男子中学生が立っていた。夕日を背負ったその人物は、あまり感情の見えない目で小学生二人を見据えている。

彼と目が合うと、二人はそれまで浮かべていたやんちゃな表情を失った。代わりにどこか気まずそうな顔をして目を逸《そ》らす。制服を着た少年はどちらかと言えば華奢《きゃしゃ》で、大人しそうな顔立ちをしている。その声色に厳しさや怒りは感じられない。それでも彼には人に有無を言わせない、不思議な威圧感があった。

「行こうぜ」

「うん」

小学生たちは少年から逃げるように、その場から去っていった。

カッパは、ずれかけた頭を直し、少年に礼を述べる。

「助かったわ、キリヤ。でもこれはネコじゃなくてカッパだから」

愛嬌《あいきょう》のあるファンシーな見た目に反して、カッパの声はハスキーな女性のものだった。制服姿の少年、キリヤはそれに驚く様子もなく、あまり抑揚《よくよう》のない口調で話す。

「ああ、そうなんだ。で、例の作戦はどう？　ポイズニー姉さん」

「もちろん。見ての通りよ」

カッパの着ぐるみを着たポイズニーは、ゴザの上に並べられたマスコットを指した。その大きさはまちまちで、顔もそれぞれ違っている。よく見ると縫い目ががたついていたりして、手作り感に溢《あふ》れている。それは莉奈や志穂が持っていたのと同じ類《たぐい》のものだった。

「虹の園で流行中のハッピーガッパー。これを完璧に模倣《もほう》して売りさばく。本物よりもずっと安い値段でね。お金のない子供は飛びついて買って行くってワケ」

「このマスコットに込められた本当の力も知らずにね」

キリヤはしゃがんで、それを一つ手に取った。

「でも人間って分からないな。こんなものに自分の願いを叶えてもらおうとするなんて。そんなの無理に決まってるじゃないか」

「人間の考えなんてアタシたちには分からないわ。分からないままでいいの」

そこへ犬を連れた男が、ポイズニーとキリヤの前を通りかかった。犬は店番をしているお化けガッパにビクッと体を震わせる。そして腰の引けたまま、けたたましく吠《ほ》えた。

「こ、こら。……すみません」

男はカッパの中の人間に向けて、軽く頭を下げた。犬は飼い主の制止も聞かず、必死の形相《ぎょうそう》で吠え続ける。謎のカッパを心底怖がっているようだ。男は強くリードを引っ張り、半ば犬を引きずるようにしてポイズニーから距離を取った。

「……なんでその格好にしたの。変装ならもっと自然なのがいくらでもあったでしょ」

「あら、子供の警戒心を解くにはこういう可愛いのが一番いいのよ」

「可愛いの？　それ」

キリヤは改めて目の前の着ぐるみを観察した。丸い黒目が二つ、その下に張り付いた赤いフェルトがおてもやんのような頬を演出している。ダイヤ形のくちばしは小さく、とぼけたおちょぼ口に見える。すらりとした腕は長いが、足は極端に短い。さらにウエストは大人三人ぶんくらいの幅がある。

「アンタってセンスないわね。どこからどう見ても可愛いに決まってるでしょ」

ポイズニーは自信満々に言った。

「ふうん。姉さんがそれでいいならボクに文句はないけど」

キリヤは小生意気な言い方でそれに答える。

「とにかくピーサードとゲキドラーゴの二の舞だけにはならないようにしないと。姉さんの手腕に期待してるよ」

「期待するのは勝手だけど、アンタはどうなの。あの二人に近づいて、収穫はあったワケ？」

「あの二人の隙を突くのは簡単さ。でも、ボクにはボクのやり方がある。今はヤツらがどの程度なのかを見極めてるところだよ」

「あまり悠長なことを言って、ジャアクキング様を怒らせないことね。ジャアクキング様の気に障《さわ》れば、アタシたちは一瞬で闇に還らされてしまう」

「分かってる。そのへんは上手くやるよ」

　キリヤは余裕たっぷりに言った。ポイズニーはそんなキリヤに鼻を鳴らす。それは決してキリヤを馬鹿にしたものではなく、むしろキリヤへの信頼感を多分に含んでいた。

　夕焼けに照らされて、キリヤとポイズニーの影は濃く伸びている。キリヤの影は細く、カッパの着ぐるみを被ったポイズニーの影はそれよりも一回り太い。キリヤは偽ハッピーガッパーを手に載せたまま、二つの影をとりとめもなく眺めた。闇に生まれた存在でも、陽の光を浴びれば人間と同じ影ができる。それが妙なことのように思えた。

　ふとキリヤの影を踏む者があった。

「キリヤくん？」

　キリヤは眩しさに目を細めて視線を上げた。それを見返すのは学校帰りのほのかだった。隣にはなぎさも立っている。

「偶然ね。キリヤくんもハッピーガッパーを買いに来たの？」

　ほのかが言った。ほのかは通学鞄を両手で持ち、キリヤを見下ろしている。

「……ああ、まあそんなところです」

　キリヤは一拍置いて答え、持っていたマスコットをポケットに入れた。

　一方なぎさは売り子のポジションに座っているカッパに目を奪われている。公園で露店を開いている謎のカッパ。それは明らかに怪しい存在だった。

「ね、ねえ、ほのか。あれ何？」

なぎさはほのかの制服をちょっと引っ張って耳打ちした。

「カッパじゃないかしら」

ほのかはこともなげに言う。

「いや、そうじゃなくて……」

ポイズニーの姿に戸惑うなぎさだったが、ほのかの方はとくに疑問を感じている様子もない。ほのかはスカートを押さえて、露店の前にしゃがんだ。

「可愛いお人形ね」

ほのかはゴザに並んだものを見て呟《つぶや》く。それに対しキリヤは否定的な姿勢で言った。

「そうですか？　ボクはこんなものに願いを叶えてもらおうだなんて、馬鹿げていると思いますけどね」

「でも、キリヤくんもこれを買いに来たんでしょう」

「ボクはべつに。通りかかっただけです」

ポイズニーはキリヤに余計なことを言うなと視線で訴えた。なぎさとほのかにこれを売りつけられれば、ポイズニーの考えている作戦は完璧なものとなる。しかし厚い着ぐるみに阻まれて、その視線はキリヤに届かないようだ。

「たしかにこういうお守りみたいな物に頼りすぎるのは良くないかもしれないけど、少し力を貸してもらうぶんにはいいんじゃないかしら」

「意外ですね。いつも努力を惜しまずに勉強をしているほのかさんが、そんなことを言うなんて」

「きっと努力しても叶わないことってあると思うの。叶えたいことがあっても、努力のしようがない時。いくら努力してもどうにもならない時。そういう時、お守りだって心の支えになってくれるんじゃないかな」

キリヤは膝の上に頬杖《ほおづえ》をつき、ふうんと呟いた。

「そんなもんですかね」

キリヤとほのかの影は混ざることなく、平行に伸びている。

なぎさは店の前にしゃがみ込んだ二人を見ていた。二人とも売り子のカッパをごく普通に受け入れているようだ。怪しいと思ったのは自分だけで、案外よくあることなのだろうか。そう自身に問いかけつつ、なぎさが一歩前に踏み出した時だった。

「そっちのお嬢さんもおいでヨ」

ポイズニーが裏声を使ってなぎさに話しかけた。そのヘリウムガスを吸い込んだような声に、なぎさは先ほどの犬と同じくらいの勢いで体をビクつかせた。

「は、はあ」

唇の端をひきつらせながら、ほのかの横に来てしゃがむ。

「願いを叶えてくれると噂のハッピーガッパー！　今なら驚きの激安価格、一つ50円！　さらに二つ買うとオマケでもう二つ付いてくる！　お友達と一緒にどうかナ⁉」

息もつかせぬ早口の宣伝文句に、なぎさはますます唇をひきつらせた。

やっぱりこのカッパ、相当怪しい。なんとかしてマスコットを売りつけようという熱意がありすぎて怖い。なぎさはそう思って、こっそり後ろへ一歩下がった。

「あの、でもこれ偽物じゃないですか？　昨日弟に見せてもらったのは、なんて言うかもうちょっとちゃんとしてたような……」

ポイズニーは着ぐるみの中で額に汗を浮かべた。そこに気付かれては、ポイズニーの作戦は台無しになってしまう。

「に、偽物だなんて人聞きが悪いナ。元の商品を完全に模倣し、かつ製作コストを抑えることによってこの価格を実現したのであって……」

「それってやっぱり偽物なんじゃないんですか？」

なぎさの一言にポイズニーは黙るしかなかった。なぎさとほのかの疑いの目がポイズニーに刺さる。

沈黙が流れる。ポイズニーの背後に寄り集まっている、いくつものスワンボートがぶつかり合って鈍い音を立てる。

ポイズニーに助け舟を出したのはキリヤだった。

「ほのかさんが言う通り、これが単にココロの支えとして働くものなら、本物じゃなくてもいいんじゃないですか。つまりは気持ちの問題ですよね」

キリヤに言われても、なぎさは納得いかない顔をしている。

「うーん、そうは言ってもねえ」

なぎさは少し迷った後、「やっぱりいいです」と言って立ち上がりかけた。しかしポイズニーはすかさずショッキングピンクの両腕でなぎさを挟み、それを阻止した。

「分かった！　もうタダでいいヨ！　お願いだから持って行ってヨ！」

「ひい！」

カッパの頭が目と鼻の先にまで迫り来て、なぎさは小さな悲鳴をあげた。

「お願い！　キミの力になりたいんだ。プレゼントさせてヨ！」

なぎさはなぜか執拗《しつよう》にマスコットを渡そうとしてくるカッパをやんわり押し戻した。

カッパへの警戒心《けいかいしん》を露《あらわ》にした表情で、ほのかに話しかける。

「ねえ、やっぱめちゃめちゃ怪しくない？　逃げた方がいいよね？」

「どうしてこんなに渡したがるのかしら」

なぎさとほのかは鞄を摑《つか》んで立ち上がった。半歩下がって逃走体勢に入る。

それを、今度はキリヤの言葉が押し留めた。

「もらってあげたらいいじゃないですか。なんかこの人可哀想だし」

キリヤはしゃがんだまま、二人を見上げて言った。なぎさとほのかは着ぐるみに包まれたポイズニーを真正面から見る。

平日の夕方に、子供を相手にして偽物のハッピーガッパーを売っている目の前の人。それもたった50円で。なぜかハッピーガッパーの着ぐるみを被り、通る人からは不審な目で見られている。声の感じからするとそれほど若くはなさそうだ。地面に敷かれたゴザは土で薄汚れ、端がほつれている。可哀想と言われれば、これほど可哀想な人も珍しいかもしれない。

「タダでいいって言ってるんだし、人助けだと思ってもらってあげましょうよ」

カッパは太い指で器用にマスコットを取り、なぎさとほのかに差し出した。二人はどうする？　と無言のうちに問いかけ合ったが、結局それを断ることはできなかった。

「ありがとう、ございます」

ほのかは明らかに嬉しくなさそうな顔をしながらも、一応礼を述べる。

「わー……タダにしてもらっちゃって、なんかすみません」

なぎさも気を遣って、精一杯喜んでいるフリをしてみせた。

なぎさとほのかはポイズニーの手の中にあるマスコットへ腕を伸ばす。二人がそれに触れるか触れないかという時、突然ポーチからメップルが飛び出した。

「なぎさ〜！　邪悪《じゃあく》な気配を感じるメポ！」

　メップルに続きミップルもポーチの中から声をかけた。

「気を付けるミポ。とっても近くに感じるミポ」

　なぎさとほのかはマスコットに触れかけた手を引っ込めた。急いでその場から離れ、キリヤにメップルとミップルを見られないよう背を向ける。なぎさはコミューンの蓋を開けた状態のメップルを持ち、ヒソヒソ声で話した。

「邪悪な気配って、今？」

「今だメポ！　すぐ近くにいるはずだメポ」

　ミップルもほのかに邪悪な気配を訴えかける。

「周りに怪しい人はいないミポ？」

「怪しい人なんて……」

　なぎさとほのかは振り返って、あたりを見回す。木の陰などに何者かが隠れている様子はない。今近くにいるのは、同じ学校の後輩であるキリヤ。それにハッピーガッパーの着ぐるみを被った正体不明の誰か。

「いた！」

　なぎさはカッパを指差して声を張り上げた。メップルをいったんポーチに入れ、カッパに駆け寄る。

「違ったらごめんなさい！　失礼しますっ」

そう宣言して、素早くカッパの頭を掴《つか》んだ。カッパはとっさに身をよじって逃げようとする。しかしそれよりもなぎさの動きの方が速かった。

「でいっ」

カッパの頭部が取り去られる。中から現れたのは当然ポイズニーの顔だ。でっぷりしたショッキングピンクの体の上に、化粧の濃いポイズニーの顔が乗っている。非常に不釣り合いな組み合わせだ。そして、なぎさがこれまで見ていたカッパの顔とポイズニーの顔のギャップはかなり大きなものだった。なぎさは二重の衝撃に襲われて一瞬呆然《ほうぜん》とした。ポイズニーもどんな顔をしたらいいのか分からない様子で、どこかムスッとした表情を浮かべている。

「あなただったのね！」

後ろから聞こえてきたほのかの言葉によって、ようやくなぎさは事態を正しく把握する。

「どうりで変だと思ったのよ。偽物のハッピーガッパーを売ったりして、どういうつもり⁉」

なぎさの問いかけには答えず、ポイズニーは長い髪を着ぐるみの中からさらりと出した。

「バレちゃしょうがないわね。適当に相手してあげる」

不敵な笑みを浮かべるポイズニーに、なぎさとほのかは警戒の眼差しを向ける。

一触即発の雰囲気の中、キリヤは緊張感のない調子で言った。

「やっぱりね。そんな変装じゃ怪しまれると思ったんだ」

「光の園のアイツらが余計なこと言わなければバレなかったわよ。アタシの変装に文句つけないでちょうだい」

ポイズニーはメップルとミップルが入ったポーチを睨《にら》む。

驚いたのはなぎさとほのかだった。プリズムストーンを狙うドツクゾーンからの使者、ポイズニーと後輩のキリヤが知り合いのように会話している。ほのかは恐る恐る尋ねた。

「キリヤくん、その人のこと知ってるの?」

「まさか。こんなおばさん知りませんよ」

キリヤは即答した。それにほのかとなぎさは安堵《あんど》の息をつき、ポイズニーは怒りの舌打ちをした。

「誰がおばさんよっ。ザケンナー、この生意気な子供たちをやっておしまい!」

ポイズニーはパチンと指を鳴らした。すると美しかった夕焼け空に、黒い雲が出現した。ぐるぐるととぐろを巻く黒雲は凄まじいスピードで公園の頭上を覆い尽くす。黒一色に塗りつぶされた空から、はっきりとした形を持たない青紫色の何かが降ってきた。それは湖に浮かぶスワンボートに墜ちた。

ポイズニーの呼び出したザケンナーに憑依《ひょうい》され、スワンボートは、瞬く間に姿を変えた。白い体は不気味な青紫色になり、つぶらで愛らしかった目は攻撃的につり上がっている。額にはザケンナーが取り憑《つ》いている証拠に、ムカツキマークが現れている。

「わたしたちは何も言ってないっつーの！」

苦情を言うなぎさに、怪鳥と化したスワンボートが翼を振るう。今やボートは命を吹き込まれたように、鉄製の翼もくちばしも動かすことができた。

なぎさは巨大化した白鳥の翼を避ける。ほんの1秒前までなぎさが立っていた地面に、深い溝が刻まれる。それは怪鳥の攻撃の重さをよく示していた。

「ほのか、早くキリヤくんを！」

ほのかは頷いてキリヤの腕を摑んだ。

「キリヤくん、こっちに来て！」

「でも、これは一体どういうことなんですか」

キリヤは状況の割に冷静なトーンで言った。

「とにかく今はこっちに！」

ほのかには、その冷静さを疑問に思うほどの余裕はなかった。何も知らない後輩を巻き込みたくない一心でキリヤの腕を引っ張る。

ほのかとキリヤは公園の出口へと走った。全速力で走ると出口には数分で到着した。そこから先の空は綺麗なオレンジ色のままだ。人通りもあり、みんな公園内の異変などまるで知らない顔で道を歩いている。

「キリヤくんは早く逃げて。それから、さっき見たものは……その……」

「分かってますよ」

ほのかはキリヤの意外な反応に顔を上げた。あれほど非日常的な場面に遭遇《そうぐう》したにもかかわらず、キリヤは不自然なくらい落ち着き払っている。

「映画の撮影か何かですよね。ほのかさんも美墨先輩も言ってくれればいいのに。驚いたじゃないですか」

「あ、そ、そうなの。映画の撮影。驚かせちゃってごめんなさい」

「今度なんの映画か教えてくださいね。それじゃあ、また学校で」

キリヤはそれだけ言って信号を渡って行った。その姿はすぐに人通りの中へ消える。

ほのかはザケンナーについて深く追及されずに済み、ホッと胸をなで下ろした。

「早くなぎさのところに戻るミポ！」

「ええ！」

再びポーチから飛び出してきたミップルを握りしめ、ほのかはなぎさの元へ駆けた。

なぎさは公園の木々の間を縫うように走り、ザケンナーの翼を振るう攻撃を避けていた。なぎさが攻撃をかわすたび、何本もの木が代わりに倒されていく。ポイズニーは苛立《いらだ》ちを隠そうともせず、きつい口調でザケンナーに命令する。

「さっさとやってしまいなさい。ヤツらは二人揃《そろ》わなければ変身できない。今のそいつはただの無力なガキよ」

「ザケンナー!」

アイアイサー、と言うようにザケンナーは声高く叫んだ。ザケンナーの憑依した巨大スワンボートがじりじりなぎさに詰め寄る。

なぎさがザケンナーの迫力に圧《お》されて後ずさる。するとそこへほのかが駆け戻って来た。

「なぎさ!」

「ほのか!」

二人はそれぞれのポーチからクイーンのカードを取り出した。それをコミューン型のメップルとミップルにスラッシュする。

「デュアル・オーロラ・ウェイブ!」

同時に放ったかけ声と共に、手のひらを天にかざす。

「ザケンナー! 変身させるんじゃないわよ」

ポイズニーは変身を阻止しようとしてザケンナーをけしかける。ザケンナーの硬い翼がなぎさとほのかめがけて振り上げられる。しかしそれよりも二人が手を繋《つな》ぐ方が早かった。手を繋ぐと、眩しい光が二人を包んだ。虹色に輝く光の中で、なぎさとほのかは普通の中学生から光の使者へと変身する。ベローネ学院の制服は消え、光のパワーの宿った黒と白の衣装がなぎさとほのかを包む。

ザケンナーは翼を振り下ろす前に、激しい光によって吹き飛ばされた。

円柱形に立ち上る七色の光の中で変身を終えると、今度は白い光が二人の周りに発生する。その光から、なぎさとほのかは姿を現した。

「光の使者　キュアブラック！」

ブラックとなったなぎさが身に纏うのは、俊敏性《しゅんびんせい》を生かす短いスカートにおなかの見えるトップス。スカートの下にはショートレギンスを穿《は》いている。そのどれもがベースは黒で、胸の中央についたリボンの白と、ベルトのピンクがよく目立つ。

「光の使者　キュアホワイト！」

ブラックと反対に、ホワイトとなったほのかの衣装は白を基調としている。ふんわりと裾の広がった、膝上のワンピースだ。腕やスカートの縁は水色のレースで飾られ、胸にはブラックと同じく大きなリボンが付いている。

「ふたりはプリキュア！」

声を揃えて言い、ホワイトはザケンナーとポイズニーを指差す。

「闇の力のしもべたちよ！」

ブラックもザケンナーとポイズニーを指し、力強い目で見据える。

「とっととおうちに帰りなさい！」

ザケンナーは胸を反らし、深く息を吸うような動作をした。直後、黄色いくちばしから大量の水がもの凄い勢いで放出される。ブラックとホワイトは高くジャンプしてその攻撃から逃れた。地面をちょこまかと走り回り、必死になってザケンナーの翼から逃げていた先ほどまでの動きとはまるで違う身のこなしだ。二人は光のパワーにより、変身前とは比べものにならない身体能力を手にしていた。

「もたもたするんじゃないよ！」

ザケンナーの後方に立っているポイズニーが命じる。ザケンナーはまた胸を反らせ、今度は短い間隔で何度も水を吐き出す。ブラックとホワイトは超人的な脚力で木から木へと飛び移り、攻撃を避けていく。しかしあるところでホワイトは公園内を仕切るフェンスに突き当たってしまった。逃げ場を失ったホワイトはとっさに両腕でガードするが、水の勢いに押されて地面に叩き落とされた。

「――っ！」

「ホワイト！」

ブラックはホワイトに駆け寄り、立ち上がるのに手を貸す。

「プリズムストーンはどこ？　さっさと白状なさい」

問いかけるポイズニーを、二人は意志の強い眼差しで見返す。

「誰があんたなんかに教えるもんですかっ」

　ブラックが言い、ホワイトも同様の言葉を並べる。

「プリズムストーンは絶対に渡さない！」

「どうして好き好んでプリズムストーンを守ろうとするの。アンタたちにはプリズムストーンを守ったところでなんの得もない。むしろプリズムストーンを渡せばアタシたちと戦う必要も無くなるのよ」

　そう言うポイズニーに、ブラックが答える。

「誰が好きでやってるもんですか！」

　そこでブラックはきっと顔を上げた。

「でも、損とか得とか関係ない！　ミップルとメップルたちが危険に晒《さら》されてるってのに、黙って見てるわけにはいかないもの！」

　ポイズニーはつまらなそうに唇を歪める。

「ふん。そんな綺麗事が言えるのは、アンタたちが何も知らないガキだからよ。立ち上がることもできないくらい痛め付けられて、どうしようもない現実を知ればそんなこと言えなくなる。行け、ザケンナー！」

　ザケンナーが憑いたスワンボートはしっぽの付け根にあるプロペラを回転させ、猛スピードでブラックとホワイトに突っ込んで来た。ブラックは上に、ホワイトは右に跳ねてそれを回避する。上に飛んだブラックは落下する勢いを拳《こぶし》に込める。

「はあっ！」

ブラックは着地することなく、その拳を直接ザケンナーに叩き込んだ。そのままスピードに乗った正拳を何度も相手にくらわせる。

ザケンナーが体勢を崩しかけたところで、今度はホワイトが挑みかかる。ホワイトは足元を狙った蹴りでザケンナーの体勢を完全に崩すと、相手の体重を利用した投げ技を決めた。吹っ飛ばされたザケンナーは派手な水しぶきを上げて湖に落ちた。

「綺麗事なんかじゃない。私たちにとって、この子たちは大切な存在だもの。当然でしょ！」

ホワイトがポイズニーに向かって言った。

「だったらアタシも当然のことをしているだけよね。アタシはアタシのドックゾーンのためにプリズムストーンを奪っちゃうから」

「あなたたちにプリズムストーンを渡せば、光の園はドックゾーンに喰い荒らされてしまう。誰かを犠牲にしておいて、自分たちさえ良ければいいなんて、そんなの絶対に間違ってる！」

ホワイトは叫ぶように言った。

隣にブラックがやって来る。

「ホワイト」

「うん」

二人は目と目を合わせて頷いた。

湖に落ちたザケンナーが翼とプロペラを動かして、水面下から姿を現す。威嚇《いかく》するように対の翼を大きく広げ、ブラックとホワイトに対峙する。

「さあ、とどめを刺しなさい」

「ザケンナー！」

ポイズニーに命じられ、ザケンナーは再び息を深く吸い込むモーションに入った。また水の弾丸を放つつもりのようだ。

ブラックとホワイトは手を上方に高く突き上げた。

「ブラックサンダー！」

「ホワイトサンダー！」

手のひらからブラックは黒の、ホワイトは白の稲妻を発生させる。

「プリキュアの美しき魂が」

「邪悪な心を打ち砕く！」

二人はぎゅっと強く手を繋いだ。

「プリキュア・マーブル・スクリュー！」

二人が同時に声をあげると、それまで別々だった黒と白の稲妻が2本のコルクスクリューが絡みあうように入り混じった。それは黒と白の螺旋《らせん》を描きながら、ザケンナーへまっすぐ向かっていく。ザケンナーは一歩たりとも動くことはできなかった。プリキュア・マーブル・スクリューは圧倒的な速さと威力を持ってザケンナーに直撃した。まばゆい光の中で、スワンボートに憑依していたザケンナーが飛び出す。

「ザケンナー！」

苦悶の叫びをあげ、ザケンナーは消滅した。細長い青紫色の体は砕け散り、その一つ一つは小さな星形のゴメンナーになる。

「ゴメンナー」

「ゴメンナゴメンナー」

ゴメンナーたちは口々にそう言い、降参してどこかに去っていく。それを見ていたポイズニーも悔しげな表情で姿を消した。

ザケンナーとポイズニーが消えると、空を覆っていた黒雲はどこへともなく引いていった。倒された木々や傷ついた地面も元に戻る。すべてを喰らい尽くす闇の力の使者たちは去り、公園は元通りの姿を取り戻した。

「すっかり遅くなっちゃったわね」

変身を解いたほのかは、沈みかけた夕日を見て言った。

「やば！　早くほのかんち行かないと、勉強会する時間が無くなっちゃう。……ていうか、今日はおしゃべり会にする？　なんか疲れちゃったし」

「ダメよ。今日やらないと、きっと試験当日に後悔するわよ」

「そう言うと思った」

なぎさは少々がっかりした様子だ。

「それじゃ思いっきり勉強して、みんなにやればできるってことを分からせてやろうかな」

「ふふ。そのいきそのいき」

ほのかが笑うと、なぎさのポーチからメップルが顔を出した。

「どうせなぎさのことだから、すぐに飽きておなかが空いたーとか言うだけだメポ」

「何よ。その言い方は何？」

「思ったことを言っただけメポー」

「やな感じ！」

なぎさはメップルと言い合いながら、ほのかはそんな二人を微笑んで見守りながら、公園の出口を目指して歩いて行く。ザケンナーが落ち、派手な水しぶきを立てた湖はもう静まり返り、波一つない。ボート乗り場の桟橋付近には、何艘ものスワンボートが寄り集まっている。その中に他よりも幾分薄汚れたボートが一艘あった。それは黒々とした目で、なぎさとほのかの背中を見ていた。

雑居ビルの屋上に、ポイズニーは佇《たたず》んでいた。そこにはフェンスがなく、代わりに低い塀が屋上を四角く縁取っている。ポイズニーはその塀の上に立っている。一歩先は遠い地面。普通の人間なら足がすくんでしまって、まともに立っていられないだろう。しかしポイズニーはほんのわずかな恐れも見せず、堂々とその場に直立している。

「またプリズムストーンを奪い損ねたみたいだね」

後ろから声が聞こえた。ポイズニーは振り返らなくとも、その声の主が分かった。

「キリヤ、アンタにアタシを責める資格があんの？　アタシが戦ってる間どこにいたのよ」

キリヤはポイズニーのすぐ隣に立った。ポイズニーと同様、その高さに臆する様子は微塵もない。

「責めてなんかないさ。ただそろそろ結果を出さないとまずいんじゃないかなと思って。それに言ったろ？　ボクにはボクのやり方がある」

「アンタに心配してもらわなくても大丈夫。もう手は打ってあるし、ヤツらはあのマスコットに込められた力に気付いていない」

ポイズニーはゆるくウェーブのかかった長い髪をかきあげた。その頬は夕焼けの光を受けて輝いている。もちろんカッパの着ぐるみはとうに脱ぎ捨て、身体のラインがくっきりと見えるボディスーツを着ている。これが彼女本来のスタイルだ。

「それよりアンタ、さっきはよくも言ってくれたわね」

「言ってくれたわねって、何を？」

キリヤは隣のポイズニーを見上げた。キリヤも今は制服を着ていない。代わりにオレンジ色のTシャツにハーフパンツという格好をしている。顔に眉はなく、目の周りは黒い。たったそれだけの変化で、制服を着ている時とは別人のようだ。底知れない感じの不気味なオーラがある。なぎさやほのかに見せる、制服姿のサッカー少年はあくまで仮の姿。これがキリヤの、闇に生きる者としての姿だった。

「オバサンって言ったでしょ。オバサンって。ふざけないでよ、アタシのどこがオバサン？　世間一般じゃ、アタシくらいの年の女はお姉さんって呼ぶの。そんな常識も知らないほどアタシの弟は愚かだったかしら」

「ああそのことか。ごめんごめん、あれはヤツらをごまかすために言ったことだから本気にしないでよ。……でも姉さん、そんなに怒るってことは結構気にしてるんだ？」

ポイズニーは細長い眉をピクリと動かした。

「そういう口のきき方してると、アタシからアンタの正体をバラしちゃうわよ」

「それもいいかもね。信じてもらえるかどうかは分からないけど」

キリヤはいつもの調子を崩さずに言った。

ここからは街の様子が一望できる。横断歩道を行き交う人々、電線に止まっている鳥の影、明かりの点いた家々。様々なものがこの街、この虹の園には溢《あふ》れている。しかしどれだけたくさんのものがあろうとも、キリヤとポイズニーの居場所はこの世界に存在しない。虹の園で、キリヤとポイズニーはどこまでも異質だった。他人の家の匂いが染み付いた場所に一歩足を踏み入れた時のような違和感が常につきまとう。この世界の空気にも、緑にも、人にも決して馴染《なじ》みきることはない。闇に生まれた彼らの生きる場所は、ドックゾーンただ一つだった。

「ま、なんにせよアンタもそろそろやることやってよね。いつまでも遊んでたんじゃィルクーボにせっつかれるわよ」

「分かってる。でも……」

キリヤは何か言いかけた口を閉じた。ポイズニーは黙ってキリヤの言葉を待ったが、いつまでも声を発する気配がないので自分から先を促した。

「でも？」

「なんとなく興味があるんだよね。ボクの言動に対してあいつらがどう返してくるのか。何を思うのか。人間って変な生き物だからさ」

キリヤが言い終えると、今度はポイズニーがしばらくの間口を閉ざした。真下に見える横断歩道の信号が、赤から青に変わる。通りゃんせの音楽と、そこを渡る誰かの笑い声が屋上にまで聞こえて来る。

「キリヤ」

　ポイズニーは慎重にキリヤの名を呼んだ。

「これは姉としての忠告よ。その興味は捨てた方がいい。虹の園の住人のことをアタシたちは決して理解できないし、向こうもアタシたちを受け入れることは絶対にない。それは抗えない理《ことわり》よ。どうせ理解し合えないのなら、最初から興味なんて持たない方がいい。そうでしょ」

　通りゃんせの音楽が終わって、歩行者用の信号は赤に変わる。車の走る雑音に消されて笑い声も聞こえなくなった。

「もしかして心配してくれてるの」

　キリヤはいつも通りの表情でポイズニーに問う。

「アタシも可愛い弟に傷ついてほしくはないからね」

　ポイズニーは「可愛い」のところを強調して、わざと白々しく言った。

「傷つく？　どうして」

「さあ。それが分からないようじゃ、心配は無用かもね」

　ポイズニーは塀から降りて、下階へ続く扉に手をかけた。キリヤはポイズニーの方を振り返り、無言で質問の答えを要求する。しかしポイズニーはそれを察したものの、あえて答えようとしなかった。謎めいた微笑みを残して、ポイズニーは扉の向こうに消えた。

残ったキリヤは、両腕を広げて空を仰いだ。遮蔽物はなく、空は丸い。東の方角はもう紺色に落ちかけている。そこから西の空へ向かって紫やピンクがかった雲がグラデーションを描いている。

この空をあの人が見たらなんと言うんだろう。キリヤは思った。キレイだと、そう言うかもしれない。

あの人はさっき、お守りは心を支えるものだと言った。ココロってなんだろう。ココロがあれば自分もこの空をキレイだと思うんだろうか。

キリヤは目を閉じて、虹の園の空気を吸い込んだ。

闇の中でジャアクキングは苦しんでいた。大きすぎる、すべてを喰らい尽くす力。それはジャアクキング自身をも喰らい尽くそうとしている。この矛盾だけにはジャアクキングも抗うことができない。唯一の対抗策は、手当たり次第に周りのものを覆い尽くし、一時的に食欲を満足させることだけ。しかし最近はそれすらも難しくなってきた。忍び寄る崩壊の足音を聞きながら、ジャアクキングは世にも恐ろしい苦悶《くもん》の声をあげた。

「ううう……ああ……」

誰もいない、一つの生命もない空間でジャアクキングは焦りに駆られる。

終わりの瞬間は刻々と近づいている。ジャアクキングはすべてを喰らい尽くす力の微妙なバランスを、恐怖と緊張とをもって保ち続けていた。それは綱渡りのロープの上に立っているようなものだった。一時も休まる瞬間がない。しかもジャアクキングは気が遠くなるほどの果てしない時間、ずっとロープの上に立ち続けているのだった。

深い深い闇の中でジャアクキングは望んだ。光が欲しいと――。

ジャアクキングが自らの力の限界に気付いたのはいつの頃だっただろうか。この世がまだ混沌《こんとん》としていた頃、大きな爆発と共に光と闇は生まれた。初め、二つの世界は混じり合って存在していた。けれどある時、光と闇は完全に別個のものとなりそれぞれの象徴が生まれた。光の園のクイーンと、ドツクゾーンのジャアクキングだ。

クイーンの力に守られて生活する光の園の住人は、クイーンの持つ「すべてを生み出す力」を七つに結晶化し、生命の石プリズムストーンを生成した。それは光の園の根源の力となった。

一方ドツクゾーンの支配者であるジャアクキングは「すべてを喰らい尽くす力」を備えていた。その闇の力はとても強大なものだった。しかし闇の力は光の力と違い、何も生み出すことはなかった。他の世界を覆《おお》い尽くしても、ドツクゾーンに蝕《むしば》まれた時点でそこにあった生命はみんな枯れてしまう。残るのは荒廃した闇色の空間のみ。それがジャアクキングの限界だった。

ジャアクキングが闇の力を完全なものにし、自らの力で自らを蝕んでしまう矛盾を解消するには、すべてを生み出す力、つまり光の力を取り込むしかないと認めざるを得なかった。ただしそれは分化した二つの世界が邂逅《かいこう》する危険な状態だ。光と闇の二つが出会った時、世界は再び混沌に包まれるかもしれない。それを承知でジャアクキングは光の園に手を出した。

ジャアクキングは世界を危険に晒してでも、自分の存在を永遠のものにしたかった。またそれがジャアクキング自身を耐えがたい苦痛から解放する唯一の手段でもあった。苦しみ喘ぎながら、ジャアクキングは虚空に手を伸ばした。光の力が欲しい。欲しい。その凄まじい執念《しゅうねん》は闇を突き抜け、幾多の世界を駆け巡った。

ドツクゾーンから遠く離れた光の園で、クイーンは胸のざわつきを覚えた。いつも口元に浮かべている穏やかな笑みが、わずかに曇る。

ジャアクキングの苦しみと執念は時空を超えてクイーンに届く。二人の存在は表裏一体だ。闇と光が別々のものとなっても深いところで繋がっている。

クイーンは光の園がドツクゾーンに攻撃されて以来、不安な日々を過ごしていた。ジャアクキングがどれほどプリズムストーンを欲しているか、他でもないクイーンが一番よく分かっている。彼はありとあらゆる手を使ってプリズムストーンを奪い、今度は完全に光の園を覆ってしまうつもりに違いない。プリズムストーンを託して虹の園に逃したメップルとミップル、二人を守る伝説の戦士の身を案じない日はなかった。

クイーンは光の園を隅々まで見回して、どこかに闇の者が潜んでいないか調べた。光の園の象徴であるクイーンは、光の宮殿の中にある華美な玉座に座ったまま、光の園で起きる異変のすべてを感知することができる。

光の園は美しい世界だ。花々が咲き乱れ、空は緑や青、ピンクなど様々な色が入り混じりオーロラのようだ。そこにたくさんの心優しい住人が暮らしている。生命の輝きに満ちた光の園は、ドックゾーンと何もかもが正反対だった。

そんな優しい場所だからこそ、ドックゾーンに食い荒らされた箇所が余計無惨に見える。かつては夢のような花畑がずっと続いていた道もドックゾーンに覆われてしまい、今は底のない闇が口を広げている。ドックゾーンが光の園に手を伸ばしてきた時、メップルとミップルのおかげで二つのプリズムストーンは守り通すことができた。だから光の園は今もこうして存在を保っているが、やはり受けたダメージは大きかった。

クイーンは光の園に新たな異常が起きていないことを確認し、そっと椅子に背を預けた。金色の豊かな髪が輝く。

「ポポ？」

ふと足元から声がした。光の王子ポルンが、幼い目でクイーンを見上げている。

「クイーン、元気ないポポ？」

体の小さな光の園の住人の中でも、まだ成長しきっていないポルンは特別に小柄だ。それに比べてクイーンは人間の何十倍もの背丈がある。なぎさやほのかが頭と首を直角にして見上げても、クイーンの顔は遥《はる》か上空にある。小さなポルンならば尚更、クイーンの表情を窺《うかが》うことなどできない。それなのにポルンは、時として驚くほど敏感にクイーンの感情を察知した。

「いいえ。大丈夫ですよ、ポルン」

クイーンは優しく言った。

その時、光の宮殿のどこからか長老の声が聞こえてきた。長老はしきりにポルンを呼んでいる。

「ポルンどこに行ったんじゃ。お前はわしの話をちゃんと聞かなければならんぞお」

杖《つえ》をつく音がする。ポルンを探し回っているようだ。

事態を呑み込んだクイーンは、ポルンをたしなめるように言う。

「ポルン、また長老のお話の途中で逃げ出したのですか。王子たるあなたは光の園の成り立ちを誰よりもよく知っておかなければならないのですよ」

長老は光の園の歴史を口伝《くでん》していくのが、重要な役目の一つだ。まがりなりにも王子と呼ばれているポルンは当然それを聞いておく必要がある。けれど長老の話は長い上に物忘れが激しく流れが途切れがちで、遊びたい盛りのポルンにとっては退屈な時間だった。

「いやポポ！　長老のお話つまらないポポ。ポルンはクイーンと一緒にいたいポポ」

ポルンは泣き出しそうな顔で長い耳を振り回し、だだをこねる。

クイーンの間の向こうではまだ長老がポルンを探している。

「ポルン、ここからが大切なところなんじゃ。伝説の……伝説の……あれ、なんじゃったかな。伝説のアレがアレして……」

ポルンは長老に見つからないよう、声のボリュームを下げた。

「もう少しクイーンと一緒にいていいポポ？」

ポルンは涙の溜まった目で懇願《こんがん》する。クイーンはそんなポルンを無下《むげ》にすることはできなかった。

「いいでしょう。けれど後で長老のお話もきちんと聞かなければなりませんよ」

「わーい！　クイーン大好きポポ！」

ポルンは大喜びでクイーンの足元にしがみついた。丈の長いクイーンの衣に顔をこすりつける。

「いい匂いだポポ……」

ポルンはうっとりして目を細める。

そのまましばらくの間、ポルンは歌を歌ったりクイーンと話したりしていたが、いくらも経たないうちに瞳が眠気を帯びてきて、やがて完全に眠ってしまった。

クイーンはポルンのあどけない寝息を聞いて安らぎを感じる。

クイーンには守るべきものがたくさんある。皆の悲しむ顔は見たくない。クイーンは光の園の生命を全身で感じ、そっと息をついた。


「あー、おなか空いたあ」

なぎさは背中に畳の感触を覚えながら言った。

ほのかの家は広い。立派な門の先には緑豊かな庭があり、玄関までの道にはしっかりとした丸い敷石がはめ込まれている。敷地内に大きな蔵を有するその様は、家というよりお屋敷という言葉の方が似合う。全体が純和風で、屋根は瓦屋根、庭には水の入った甕《かめ》とひしゃくまで置いてある。当然、ほのかの部屋も和室だ。

「やっぱり言ったメポ。メップルの予想通りだメポ」

メップルとミップルはコミューンから元の姿に戻り、部屋の隅でイチャついている。

「だって数学の教科書見てると眠くなるんだもん。眠くなるとおなか空くでしょ」

なぎさは畳の上に寝転がり、板張りの天井を眺めている。

「おなかがいっぱいになって眠くなるなら分かるけど……」

ほのかはシャーペンを走らせる手をいったん止めてそう返した。今、ほのかはいつも勉強する時に使っている学習机ではなく、一時的に出された座卓に向かっている。座卓の上には一応二人ぶんの教科書とノートが広がっているものの、なぎさの名前が書かれた方はほとんど使われていない。なぎさが勉強に対する熱意を持っていたのはせいぜい最初の15分くらいで、それから後はメップルやミップルと話したりごろごろしたりして無為な時間を過ごしていた。

「眠くなるとおなかが空く。おなかいっぱいになるとさらに眠くなる」

なぎさはあくびを一つ漏らした。

「要は食と睡眠にしか興味がないメポ」

「人のこと言えんの？」

なぎさに突っ込まれるとメップルは誇らしげに胸を張り、ミップルの肩を抱いた。

「メップルは光の園の勇者メポ。光の園と恋人のミップルのことを一番に思っているメポ」

「さすが勇者様ミポ」

ミップルは惚《ほう》けた表情で肩に回されたメップルの腕に頭を預けた。

「今日はミップルと2回も会えて嬉しいメポ」

「ミップルもだミポ。メップルはミップルのことどれくらい好きミポ？」

メップルはミップルの肩から手を離し、短い両腕を最大限に広げた。

「これくらいメポ」

それを見たミップルはジャンプしながら両腕で思いきり大きな円を宙に描いた。

「じゃあミップルはこれくらいミポ」

「負けないメポ。メップルはこんっなに、こんっなに……いでっ⁉」

メップルはぷるぷる震えるくらい腕を開きに開いた。そのままジャンプしようとすると、メップルの体の中でゴキッという鈍い音が響いた。右腕に痛みが走る。メップルは軽くその場で飛び跳ね、伸ばしきった腕を引っ込めた。

「大丈夫ミポ⁉」

メップルはつった右腕を左手でさすりながら頷く。

「これくらいミップルが好きだってことメポ」

「メップル……」

きらきらした目でミップルはメップルを見つめ、両手を祈る時のように組む。二人はラブラブモードに突入し、柔らかそうな体でくっつき合った。

それを見ていたなぎさは呆れた様子で上半身を起こした。

「いいわね、あんたたちは幸せそうで。試験もないし」

「なぎさにも大切な人ができればこの気持ちが分かるミポ」

ミップルは幸せにとろけそうな顔で言う。するとメップルは首を横に振った。

「今その話題は禁物メポ。何しろなぎさはついさっき、愛しの藤P先輩の好みが色の白い子だと聞いて落胆し……」

「だーっ、だまらっしゃい！」

なぎさはメップルの言葉を遮ろうとして大声を発した。勉強道具の載った座卓を強く叩く。その拍子にノートの上にあったシャーペンが飛んだ。シャーペンは見事な放物線を描き、メップルの足元に突き刺さった。

「どうしたの。いきなり大きな声出して」

ほのかが教科書から顔を上げる。

「ううんべつに！　メップルが変なこと言い出すから」

「危機一髪メポ……」

メップルは片足と両手を縮こまらせ、畳に突き刺さったシャーペンを凝視した。

「ほのか、今の話聞いてた？」

「勉強に集中してたから聞いてなかったけど」

「それならいいの。ホントなんでもないから気にしないで」

「そう？」

ほのかはなぎさの態度を訝《いぶか》しみつつも、また教科書に向かった。なぎさは四つん這《ば》いでシャーペンを拾い、メップルとミップルは二人の世界に入った。

時計の針の音が聞こえる。他にある音はメップルとミップルの愛を囁《ささや》き合うヒソヒソ声、それにほのかがシャーペンを動かす音だけ。耳を澄ますと部屋の外のどこかで人の動く気配がある。お客でもあるのだろうか。ほのかと祖母、二人暮らしのこの家では珍しいことだ。それでもほのかの家が静かであることは変わらない。雪城家にはいつも穏やかな時間が流れている。

ほのかの部屋にもその雰囲気はよく表れている。きちんと整頓され、ごちゃついたところはまるでない。学習机とその上に置いてあるスタンドライト。ベッド、難しそうなタイトルが並ぶ本棚にクローゼット。壁には読書コンクールと科学研究発表会の賞状が飾られている。必要最低限のものが行儀よく連なっていて、あまり飾り気はない。全体の色調もなぎさの部屋より落ち着いている。

「あのぅ、ほのかさん」

なぎさはおずおずとほのかを呼んだ。その目は完全に泳いでいる。

「色白になるには、どうしたらいいのかな」

唐突な問いにほのかは首をかしげた。いきなりそんなことを聞いてくる理由も、なぎさが妙に緊張した面持ちでいる訳も分からなかった。

「どうして？　気にするほど焼けてないじゃない」

「いやあ、わたしももう年だし？　そろそろケアしなきゃやばいかな、みたいな」

「年って……まだ中学生よ」

「あーそれにそれにそれにい、友達がこの前うっかり家の庭でお昼寝して、すんごい焼けちゃったんだって。だからその子のために、ウンチク女王のほのかに聞いておこうと思って」

なぎさは大げさな身振り手振りで言った。

「久保田さんみたいな喋り方になってるわよ？」

「それに」を3回繰り返したなぎさを、ほのかはますます不思議そうに見つめる。なぎさが何かを隠しているのは明らかだ。しかしほのかはそれを深く詮索《せんさく》しようとはせず、自分の知識の範囲でなぎさの質問に答えた。

「日焼けっていうのは、紫外線を浴びたことによってメラニン細胞がメラニンを作り出して肌が黒くなることなの。だから一番大切なのは日焼け止めを塗って紫外線を浴びないようにすることとなんじゃないかな。あとはビタミンCを含むブロッコリーやほうれん草を食べること。ビタミンCはビタミンEと一緒に摂ると吸収率が上がるから、カボチャなんかも食べるといいわよ。それからメラニン生成を抑えるリコピンも効果があるかも」

なぎさは目を点にしてほのかの説明を聞いた。メラニン、ビタミンC、ビタミンE、リコピン。カタカナ言葉の羅列《られつ》は、なぎさの耳を右から左へ抜けていく。

「……カタカナ言葉が多くてよく分からなかったけど、つまり野菜をいっぱい食べればいいってことね！」

なぎさはそう結論付けて小さなガッツポーズを作った。

「憧れの人の好みに近づきたいなんて、なぎさも案外乙女だメポ」

メップルはいつの間にかなぎさのそばに来ていて、そのガッツポーズをおもしろそうに見ていた。

「あんたねえ、余計なことばっか言ってると本当に怒るよ」

なぎさは照れ隠しに語気を強めて言った。

ふと部屋の外で、重いものが地面に落ちるような音がした。続いて男の人の話し声が聞こえてくる。

なぎさがなんだろうと思うのと同時に、ほのかが言った。

「今日は蔵の中の虫干しをしてるの。業者さんに入ってもらってるから、少しにぎやかなんだ」

「そうなんだ。蔵があるなんて今どき珍しいよね。ミップルもあの蔵の中でずっと眠っていたんだっけ」

「うん。忠太郎《ちゅうたろう》がしきりに吠えるから蔵を覗いてみて……そうしたら中に光る箱があったの。それを開けたらミップルがいたのよ」

ほのかはミップルとの出会いを思い出す。蔵の中のミップルを見つけ出したほのかは、ミップルに導かれて遊園地を訪れた。そこにいたのはプリズムストーンを狙うピーサードと、ザケンナーが乗り移ったジェットコースターだった。何が何やら分からぬままプリキュアに変身し、なぎさと共に戦ったのだ。

「あの頃はまだ、私たち名字《みょうじ》で呼び合ってたよね」

初めは戸惑うことばかりだった。変身にも戦いにも戸惑ったが、とくに苦労したのはそれまでろくに話したこともなかった二人がゼロから信頼関係を築くことだった。

「うん。プリキュアにならなかったら、ずっと名字で呼び合ってたんだろうなあ。雪城サン、だなんてヘンな感じ」

なぎさはくすぐったそうに笑う。

「一緒にプリキュアになったのが美墨サンで良かったよ」

「ちょっと雪城サン、そんなこと言われたら照れるじゃん」

「ふふ」

ほのかもなぎさにつられて、照れくさそうに笑った。

「それにしても妙だよね。ミップルって、メップルより100年も早く虹の園に来てたんでしょ？　その間ずっと誰にも知られずに蔵の中にいたのかなあ」

なぎさは元の話題に戻った。

ミップルが光の園を出たのは、メップルより1日早くのことだった。しかし光の園と虹の園では時間の流れが違うため、ミップルは虹の園で100年メップルを待ち続けていたのだ。もっともその間ミップルはずっと眠りについていたため、100年間待ち続けたという実感はなかった。

「考えてみればたしかに不自然かもしれないわね。ミップルは何か覚えてない？」

「それがはっきりしたことは何も覚えてないミポ。だけど眠っている間、誰かの温かい手に守られていたような……いないような……ミポ」

ミップルは尻すぼまりに声を弱めた。自信はまったく無いようだ。

「ねえ、蔵の中には他にどんなものが入ってるの？」

「私は全然知らなくて。この家は戦争で一部燃えてしまったけど蔵は残ってたっていうから、かなり古いものも入っているかもしれないわね。おばあちゃまのお父さんは骨董《こっとう》が好きだったみたいだし」

「それ、すごいお宝でも眠ってそうじゃない？」

なぎさは好奇心に顔を輝かせた。

「大した物は入ってないわよ。私のお父さんもそう言ってたわ」

「いやいや、こんな不思議な物が入ってるくらいだもん。戦国武将の埋蔵金とか、髪の伸びる人形みたいな物まで入ってたりして」

「不思議な物ってミップルのことミポ？」

息巻くなぎさにミップルは微妙な顔をした。

そうこうしているうちに、時刻は7時を回っていた。なぎさのおなかが本格的に空腹を主張し始める。なぎさはそろそろ帰ろうかと思い、ほのかは何か食べる物を用意しようかと思った頃。ほのかの祖母、さなえが姿を現した。さなえは藤色の江戸小紋《えどこもん》に槿《むくげ》の花の名古屋帯《こやおび》という出で立ちで、部屋の前の廊下に膝をついた。

「こんばんは、なぎささん。偉いわねえ、ずっとお勉強してるの」

なぎさとほのかはコミューン型のメップルとミップルを素早く背の後ろに隠した。

「いえ、わたしはそんな」

結局なぎさの勉強は全然進んでいない。ほのかのものよりずいぶんキレイなノートが眩しく蛍光灯の明かりを反射する。

「もう遅い時間だし、良かったらうちでお夕飯を食べて行ってくださらない？　なぎささんがいたら食卓もにぎやかで楽しくなると思うの」

「いいんですか？」

「迷惑じゃなかったら、ぜひ食べていって」

ほのかにもそう言われ、なぎさは誘いを受けることにした。

「それじゃあ、ご馳走《ちそう》になります」

返事をすると同時になぎさのおなかがまた大きく鳴る。なぎさは慌てて音の出たところを押さえた。

「あの、じゃあ家に連絡します！」

おなかの音をごまかすように言った。

「いっぱいおかわりしてちょうだいね」

さなえは立ち上がり、台所の方へ去った。

それから30分後、なぎさとほのかは居間に呼ばれた。座卓にはさなえの手料理が用意してある。焼き魚、なめこの味噌汁《みそしる》、酢の物、きんぴらごぼうの一汁三菜が夏らしく高盛りに盛られている。器もガラスの物が多く、見た目も涼やかだ。

なぎさとほのかは並んで座り、さなえは二人と向き合って座った。

三人はきちんと両手を合わせて、いただきますと声を揃《そろ》えた。なぎさはきんぴらごぼうを口に運ぶ。そしてその顔をたちまち綻ばせた。

「おいしー！　ほのかのおばあちゃんって料理上手なんですね」

来客用の箸が高スピードで皿となぎさの口とを行き来する。そんななぎさをさなえは優しく見守る。

「そう言ってもらえると作った甲斐《かい》がありますよ」

座布団に正座したさなえは、帯の四角いお太鼓《たいこ》と背筋の伸びた姿勢のせいか、綺麗に折られた折り紙のように見える。この家を預かる者としてふさわしく、さなえは常に上品でしゃんとしている。ほのかの持つ楚々《そそ》とした空気はさなえ譲りだろう。着物のよく似合う、昔ながらの優しいおばあちゃんという感じだ。

「おばあちゃまは食材を少しもムダにしないところがすごいの。大根の葉っぱをおひたしにしたり、ダシを取ったかつお節でふりかけを作ってくれたりするのよ」

ほのかは喋りながらも、魚の骨を器用に取る。

ほのかの両親はアートディーラーとして世界を駆け回っている。そのため、この家に戻って来るのは年に数回しかない。多くの時間をさなえと二人きりで過ごすほのかは大のおばあちゃん子だった。

「貧乏性で恥ずかしいけど、私が子供の頃は食べる物も貴重だったからその時のクセでね」

さなえは口元を手で隠して言った。そのなにげない所作にも柔らかな物腰が表れている。このおっとりした感じの人が食べる物に苦労している図は上手く想像できない。

「ほのかのおばあちゃんって、どんな子供だったんですか？」

さなえは静かな笑みを湛《たた》えたまま答える。

「とにかく泣き虫な子供でしたよ。当時は今と違ってたくさん兄弟のいるのが普通だったのだけど、私は一人っ子だったの。だから甘やかされていたのかねえ」

「おばあちゃまが泣き虫？」

ほのかはピンと来ない様子でさなえの言葉を繰り返した。

「意外。生まれた時から落ち着いてそうなのに」

「生まれた時から落ち着いてたらちょっと怖いわよ」

ほのかは現在のさなえの頭と生まれたての赤ちゃんの体が合体したものをイメージして、顔をしかめた。

「私が子供の頃より、今のなぎささんの方がよっぽどしっかりしていますよ」

「それはないですよ！」

しっかり者というよりはうっかり者と呼ばれる機会の方が遥《はる》かに多いなぎさは、力強く否定した。

さなえは加えて言う。

「周りの人に助けてもらってばかりだったの。たくさんの人に勇気をもらわなきゃ、私はどうなっていたか分からないわ」

「そういえばおばあちゃまの子供時代の話って、あまり聞いたことないかも」

「もっと聞きたいです」

なぎさは味噌汁のお椀《わん》で隠れていた顔を現して言った。料理は順調に減っている。とくになぎさの前に置かれたものは減るスピードが速い。炊き込みご飯はもう半分ほど消え、魚は骨と頭だけになっている。

「もう遠い昔のことだから、あまりよく覚えてないのよ」

「じゃあ質問。好きな男の子とかいましたか？」

なぎさの突然の質問にも、さなえは顔色一つ変えない。

「好きっていうのとは違うかもしれないけど、気になる子ならいましたよ。なんだか放っておけなくて、ちょっと目を離したらどこかに行ってしまいそうで」

「へえー」

なぎさとほのかは興味深そうに相槌を打った。

「それでそれで？」

なぎさが期待を込めて先を促す。ほのかも初めて聞く話に強い関心を持っているようだ。

さなえは声を漏らして笑った。

「年寄りの昔話なんかおもしろくありませんよ。それより私はなぎささんやほのかの学校でのお話を聞いた方が楽しいわ。なぎささんはラクロス部のエースで、学校の人気者なんですって？」

「いえ、わたしはそんな……」

いきなり褒《ほ》められてなぎさは慌てた。身を守る時のように手を体の前へ持ってきて、あさっての方を見る。真正面から褒められるとどんな顔をしていいのか分からない。

「ほのかの方が皆の憧れの的ですよ」

「私が？」

「とくに男子からね。しっかりしてそうに見えて意外と天然と来れば、モテないはずないよね～」

なぎさはわざとらしく肘《ひじ》でほのかをつつく真似をした。

「でも男の子から話しかけられることなんて全然ないわよ。それに天然って、なぎさが言う？」

「だってこの前志穂が怖い話してた時も、お墓の下から白い手がグワッと出て来るところで、どうして今どき土葬なの？　とか大真面目に聞くんだもん。みんな怖がってるのに」

「だって気になるじゃない」

「普通そんなとこ気にならないって」

ほのかは納得いかないようで、そうかなあと呟いた。

二人のやり取りを聞いていたさなえは、嬉しそうに口角《こうかく》を上げる。

「ほのかになぎささんのようなお友達ができて嬉しいわ。なぎささん、これからもほのかと仲良くしてあげてね」

「はい！　……ところで、おかわりしてもいいですか？」

なぎさは元気よく返事をして、空になったお茶碗を見せた。

こうして今日の雪城家の食卓は、いつもよりにぎやかなものとなった。

時間は瞬く間に過ぎ、食後のお茶を飲み終えたのが8時半。なぎさは電話でこれから帰ることを母に伝えてから家を出た。さなえはほのかと共に門の外までなぎさを見送りに出て、何度も気を付けるよう言った。

「今日はごちそうさまでした。ほのか、また明日ね！」

「うん、また明日」

二人は手を振り合って別れた。

ほのかとさなえはなぎさが角を曲がるまでその背中を見送り、門の中へ入った。玄関へ続く道に設置された、行灯のようなライトが淡い光を放っている。空気はぬるい。湿気を重く含んで、毛穴の一つ一つに入り込んでくるようだ。

庭で放し飼いにされている忠太郎がやって来て、ほのかの前に座った。ほのかは金色の毛に覆われた忠太郎の頭を撫《な》でる。

「おばあちゃま」

風鈴が鳴った。南部鉄器の、特別に澄んだ音を出す風鈴だ。あらゆるものの形が闇によって曖昧にされた今、その音は何よりたしかな存在だった。風鈴の音に混じって虫の声も聞こえる。日の出ているうちは決して鳴かない。夏の夜にだけリンリンリンと大合唱する、高い声だ。

「いつか今日のお話、ちゃんと聞かせてね。おばあちゃまの子供の頃のお話」

ほのかとさなえは空を見上げていた。ほのかの目から見ると、空にはまばらではあるものの、数え切るのがそれなりに面倒なくらいの星が輝いている。しかしさなえの目には、輝きの強い夏の大三角形しか見えなかった。地上の明かりに光を弱められた星々は、老いたさなえの目に映らない。

「そうねえ。気が向いたらね――」

さなえは玄関の引き戸を開けた。ほのかは忠太郎を撫でていて、入ろうとする気配がない。

「入らないの？」

「もうちょっと忠太郎といるから、先に入ってて」

「風邪を引かないようにね」

さなえは家の中へ入った。その時、自分が引き連れて来た夏の夜の匂いが鼻を掠《かす》めた。それは家の中に入ったぶん、外にいる時よりもかえって強烈に感じられた。

さなえは両手で、そっと玄関の戸を閉めた。

第二章

「ろっこんしょうじょう、ろっこんしょうじょう」

幼いさなえは坂の上にいた。おかっぱ頭にもんぺを穿《は》いた姿は、今のなぎさやほのかよりもあどけない。

さなえの隣には欅《けやき》の木が1本佇《たたず》んでいる。最近まで枝いっぱいに繁っていた葉は、今半分ほど消えて無くなっていた。爆弾の炎がそれを燃やしてしまったのだ。すかすかになった葉が、さなえの顔にまだら模様の影を落とす。さなえは欅の幹に触れた。かさついた感触がある。体が熱いせいか、少し冷たく感じられる。

背中を汗が伝う。日差しの強い日だった。非情な暑さはさなえに、この街が無くなった日のことを思い起こさせる。

「ろっこんしょうじょう、ろっこんしょうじょう」

坂の上からは街の景色が一望できた。夜でもないのに、街は黒に染まっている。あの日の炎が街を舐《な》めて、街は色を失ってしまった。たくさんの人も、楽しい時間も失ってしまった。それらに代わって現れたのは、燃え尽きた瓦礫《がれき》の原っぱだった。

「お父さんのうそつき……」

さなえの頬に涙が流れる。

六根清浄《ろっこんしょうじょう》、それは昔さなえが父に教わった、山を登る時などに言うおまじないのような言葉だった。その時父はぐずるさなえをおぶい、六根清浄のおまじないを唱えながらこの坂の上まで来た。そしてこう言ったのだ。

——どんなに苦しい坂道でも、その向こうにはキレイな景色が開けている。

その後で何かを言われたような気もするが、さなえはよく覚えていなかった。しかし目にした景色は覚えている。夜闇に人家の明かりが輝く、美しい景色だった。さなえはそれまで泣いていたことも忘れ、その景色にはしゃいだ。

それが今ではどうだろう。頑張って坂を上っても、その先にあるのは白黒の虚しい空間だけだ。お父さんのうそつき。さなえの胸に重苦しい煙がとぐろを巻く。

「どうして帰って来てくれないの……？」

さなえは手にした水色と白のカードコミューンをぎゅっと握りしめた。父はそれを置いて戦争に行ってしまった。便りはない。さなえが一番欲しいと思う時に、あの広い背中はなかった。

カードコミューンはさなえにとって父との思い出の品だった。仕事の関係で骨董《こっとう》も扱う機会のある父が、何かの手違いで偶然得たものだ。それをさなえは一目で気に入って、父にねだったのだった。カードコミューンは不思議なものだった。コンパクトのように開きそうな形状をしているのに、どうやっても開かない。だからデザインが可愛いと言うだけで、なんの役にも立たない。それなのに、なぜか妙に心惹《こころひ》かれる。

カードコミューン、つまりミップルが開かないのは、ミップルがまだ来ぬメップルを待ち、眠り続けているからだった。ミップルの長い眠りは、メップルが虹の園にたどり着かない限り、覚めることはない。が、さなえはそんなことを知る由もない。さなえは何も知らぬまま、この綺麗《きれい》なコンパクトらしきものを父の身代わりとして大切にしていた。

さなえは手の甲で涙を拭った。欅の木に止まったセミがうるさく鳴き始める。それにさえむしゃくしゃして、さなえは自暴自棄のような早足で坂道を下りた。

明くる日、さなえは蔵の中にいた。昔は暗闇と古い物の放つ気配が怖くて、蔵には近づきたくなかった。しかしあの日以来、燃え残った蔵はさなえのお気に入りの場所になっていた。かび臭い空気は街が元気だった頃と変わっていない。蔵の中にいると、父がまだ家にいた頃に戻ったような気がした。

蔵の外へ出ると、もう日が暮れていた。瓦礫の転がった地面に気を付けて、町へと足を踏み出す。少し歩いたところで物音がした。そちらに目を向けると、黒い小さな人影が瓦礫を掘り起こしていた。闇に塗りつぶされてその顔は見えなかったが、さなえにはそれが誰か分かった。近所に住むシゲだ。

「シゲちゃん」

さなえが呼んでもシゲは反応を示さない。一心不乱に瓦礫の山を崩している。さなえはシゲの方へ近づいた。

「シゲちゃんどうしたの」

さなえがシゲのそばまで来ると、シゲはようやく手を止めた。

唇が鼻水かよだれで光っている。

「ないの」

シゲはか細い声で言った。

「何がないの？」

「ボクの野球のボール」

さなえははっとした。シゲの手は傷だらけだ。酷く汚れて、あちこちに生傷の付いた痛々しい様子が、薄闇の中でも見える。夢中になって瓦礫を触っていたせいだろう。さなえはそっと、シゲの華奢《きゃしゃ》な両手を自らの手で覆った。

シゲは運動神経のいい男の子だった。年はさなえの二つ下で、体は小さかったが、さなえよりもずっと俊敏に動くことができた。とくに得意だったのは野球だ。シゲの打つボールは翼を持っているようだった。天にまで届きそうな高いボールを打てるのは、小学校でシゲだけだった。将来は野球選手になる。シゲはそう夢を語っていたし、周りもそれを笑おうとはしなかった。

「ボクのボール、無くなっちゃった」

シゲは斜め下を見て言った。その目は涙に濡《ぬ》れる気配もなく、乾ききっている。そのことが、かえってさなえを不安にさせた。

「シゲちゃん、あっちへ行こう」

さなえはとにかくシゲをこの場から離れさせたくて、優しく手首を引っ張った。シゲは大人しく付いて来る。

さなえの足は自然とあの坂道に向かっていた。そこ以外に行く場所が思い当たらなかった。

「ろっこんしょうじょう、ろっこんしょうじょう」

さなえはシゲの手を引いて坂道を上る。急な坂道は長く、夜でも汗をかく。

「ろっこんしょうじょう、ろっこんしょうじょう」

それはさなえの声ではなかった。さなえは驚いて後ろを振り返る。そこにいたのは顔見知りの子供たちだった。いつの間にか近所の子供たちが後ろに付いて来ていたのだ。子供たちはさなえが父に教わったのと同じおまじないを唱えながら、足を動かしている。

近所の子供たちの中で、さなえは年長の方だった。お姉さんとして慕われているさなえを見つけて、外にいた子供たちが付いて来たのだろう。

さなえはまた前を向いて坂道を上る。

頂上まで来るとさなえはシゲの手を離した。昨日見たのと同じ、絶望的な景色が眼下に広がっている。かつて父と一緒に見た、闇に浮かぶ家々の明かりも今はない。ぐちゃぐちゃになった街は夜に覆われて、ますます混沌《こんとん》としている。

さなえの目頭が熱くなる。鼻のあたりがツンとして痛い。涙が出そうになる。

「あ、流れ星」

ふいにシゲが言った。さなえは反射的に空を見上げた。

そこに広がっていたのは満天の星空だった。銀色に輝く無数の星々が、紺碧《こんぺき》の空にぶちまけられている。とても数え切ることはできない。それらすべてをかき集めようと思ったら、抱えきれないほど大きな宝箱が必要になるだろう。それくらい見事な星空だった。

さなえは奇跡を目の当たりにした気分で息を呑《の》んだ。

「希望を捨てないでミポ……」

どこからともなく声が聞こえた。聞いたことのない声だ。さなえは子供たちを見回したが、誰も言葉を発した様子はない。

さなえはポケットに手を入れた。中にはカードコミューンが入っている。カードコミューンは少し暖かいように感じられた。さなえはまさかと一瞬思ったが、すぐにその考えを打ち消した。声の主が誰かということはどうでもよかった。さなえは、父の言葉の続きを思い出したのだ。

――どんなに苦しい坂道でも、その向こうにはキレイな景色が開けている。

その後父はこう言ったのだ。

――くよくよするな。どんな時でも希望を持て。な？　さなえ……。

「そうだった……」

さなえは変わってしまった街と変わらない空を眺めた。その目に、もう涙は浮かんでいなかった。

ベローネ学院にチャイムの音が響き渡る。4時間目の授業終了の合図だ。桜組の教壇に立っていたよし美は教科書を閉じ、授業の終わりを告げた。途端に教室はざわめきに支配される。

「ほのか、一緒にお弁当食べよ」

なぎさがお弁当袋を下げてほのかの元へ来た。

「うん。そうしましょ」

ほのかは机の上に出た教科書やノートをしまい、通学鞄からお弁当を出す。

ほのかの前の席は今日欠席だったので、なぎさはそこを借りることにした。ほのかの机にくっつけて、正面に椅子を持って来る。

「おっべんとおっべんとうっれしいなーっと」

なぎさは喜々としてお弁当箱の蓋を開けた。お弁当箱の半分はご飯、もう半分には野菜炒めがぎちぎちに詰まっている。なぎさはそれを見て笑顔を曇らせた。

「ああ……今日からおかずは野菜オンリーにしてって言ったんだった」

野菜炒めのくすんだ色合いがなぎさのテンションを下げる。

「見事な野菜炒め弁当ね」

ほのかはなぎさのお弁当を見て言った。

なぎさはしょんぼりとしたまま、野菜炒めをつまむ。

「肉が恋しい」

嘆くなぎさを、ほのかは不可解そうに見つめた。

「どうしてそんなに白くなりたいの？」

なぎさはそう問われて、ピタリと箸を止めた。

「別に白くなりたいわけじゃ……。これはその、健康のためよ」

「健康のためなら、タンパク質もバランス良く摂った方がいいんじゃない？」

「まあそうなんだけど……。ところでそのから揚げ、食べないの？　もしほのかが食べないっていうなら、わたしが処理してあげるから遠慮しないでね」

なぎさは目ざとく見つけたほのかのから揚げを指して、おちゃめに笑った。

そこに担任のよし美が近づいて来た。よし美は先ほどの授業で使った教科書とチョーク入れ、それにブルーのノートを手に持ってなぎさとほのかを見下ろす。

「盛り上がってるわね、お二人さん」

よし美は気安い口調で言った。若いよし美は昔かたぎの熱血教師といったタイプではなく、時として友達のようにくだけた調子で生徒に接する。そのため生徒からは人気のある先生だった。

「美墨さんと雪城さんって前はそんなに仲良くなかったわよね。どうして仲良しになったの？」

タイプの違うなぎさとほのかが一緒にいるのを、よし美は意外そうにしている。

「ええと、それは……」

なぎさは答えあぐねて言葉を詰まらせた。

「クラス委員になってから、一緒にいる時間が増えたんです」

ほのかがフォローを入れた。２年生に進級した時、なぎさとほのかはクラス委員に任命されていたのだった。

「そうなんだ。良かったわね」

よし美はとくに疑問を持つ様子もなく、あっさりそれを受け流した。

「ところで仲良しクラス委員の二人に、頼みたいことがあるんだけど」

「なんですか？」

ほのかに問われてよし美は持っていたブルーのノートを見せた。

「昨日、久保田さんがノートを忘れて行っちゃってね。今日渡そうと思ってたんだけど、お休みじゃない？　試験も近いし、明日明後日は土日だからきっと困ると思うの」

よし美は両手を合わせてなぎさとほのかに頼み込む。

「本当は先生が行くべきなんだけど、今日はどうしても外せない予定があるのよ。もし良かったら、どっちか届けに行ってくれないかな」

「分かりました。私、届けておきます」

ほのかは二つ返事で引き受けた。

「わたしも行くよ。志穂のお見舞いしたいし」

よし美は二人の返事を聞いて、ホッとした表情を浮かべた。志穂の名前が書かれたノートを机に置く。

「ありがとう。助かるわ」

「ていうか、予定ってもしかしてデートですか？」

「こら。先生をからかわないの」

よし美はなぎさの質問をさらりとかわす。ノートを指して、よろしくねと言い残し教室から出て行った。

「それにしても、今日はお休みが多いわね」

ほのかが呟《つぶや》く。桜組の教室はいつになく空席が目立っていた。そのせいで昼休みのおしゃべり声も、いつもより控えめだ。欠席は全部で五人。その中には志穂だけでなく、莉奈も含まれていた。

「風邪流行ってるのかなあ。隣のクラスも同じくらい休んでるみたいだよ」

「そうなの？　久保田さんも高清水さんも昨日まで元気だったのに」

ほのかはから揚げをかじった。なぎさの視線が若干痛い。

「このまま学級閉鎖になったりして」

「それはないんじゃない。インフルエンザの時期でもないし」

「わたしとしては学級閉鎖になって、試験が延期になると助かるんだけどなあ。昨日も勉強できなかったし」

「延期になっても結局やるのよ？　それに夏休みが短くなっちゃうかも」

「うーん。ドツクゾーンのヤツらと同じくらい、試験は来てほしくない相手なんだよね」

なぎさはげんなりした顔で箸をしまった。野菜だらけのお弁当に不満げな目を向けていた割に、食べ終わるのが早い。

「なぎさも放課後は部活よね？」

「うん。でも試験前だから、いつもより早く終わるっぽい」

「私も。今日も部活後に校門で待ち合わせしましょ」

「りょーかい」

なぎさがお弁当箱を袋にしまう。その隙にほのかはこっそり二つ目のから揚げを頬張った。


ベローネ学院男子部。放課後のグラウンドに、白のユニフォームが躍動している。中等部のサッカー部員たちだ。部員たちはサッカーゴール前に集まって、ストレッチをしている。しかし体中で最も活発に動いているのは口だった。サッカー部は学年の隔《へだ》たりなく、みんな仲がいい。コーチが来る前のこの時間は、毎日おしゃべりに花が咲く。

「昨日のアレ見た？」

「ボクシングだろ？　見た見た」

「すげーよな、相手完全に伸びてたじゃん」

「でもあの選手、シュッシュッって言いすぎじゃね？　自分で自分のパンチに効果音付けてんのがウケんだけど」

「バカ。あれは効果音付けてんじゃねえよ。ああいう呼吸法なんだろ」

「え、マジで？　オレずっと効果音かと思ってた」

「こいつバカだろ」

場に笑いが溢《あふ》れる。呼吸法を効果音と間違えていた、泣きぼくろのある少年は、

「シュッ、シュッシュッ」と息を吐きながらシャドウボクシングをする。そのパンチは近くにいた部員の顔面めがけて放たれ、当たる直前に止まる。泣きぼくろの少年はおちょくるような表情で同じ動作を繰り返す。相手の方も半笑いでそのおふざけに興じている。

「今ビビっただろ」

「ビビってねえよ」

「嘘だ。ビクッとしたもん」

泣きぼくろの少年はいたずらっぽく笑って拳を下ろした。

「ボクシング選手って皆すごい腹筋割れてるよな。オレどうやっても割れないんだけど、なんでだろ」

「オレ割れてるぜ」

「え、見せて」

「ほら」

一人の部員がユニフォームを捲《まく》る。みんながそれに注目した。彼の腹部は浅く六つに割れている。

「すごっ！　マジでうらやましいわ」

「割れないのはトレーニングが足りないんじゃねえの？」

腹筋を披露した彼は得意げに言う。

「ちょっと待った。それ力入れてない？」

「入れてねえよ」

「いや絶対入れてるだろ。オレだって力入れたら割れるし」

「だから入れてねえって」

「じゃあくすぐっても平気だな」

「えっそれはダメだって。くすぐりは弱……」

言い終わらないうちに複数の手が彼の腰や脇を襲った。何十本もの指がバラバラに動き、彼をくすぐりまくる。

「ぎゃはははは！　ちょ、ま、止《や》め……あはははは！」

彼は体をくねらせて膝からくずおれた。肩を激しく上下させ、荒い呼吸をする。その腹筋は先ほどまでよりも平坦《へいたん》になっている。

「ほら、やっぱ力入れてたんじゃん」

「くそー、バレたか」

腹筋少年は乱れたユニフォームを直し、地面に座った。言葉とは裏腹に、やはり顔には笑いが浮かんでいる。みんな清々しい表情で、このにぎやかな時間を楽しんでいるのが見て取れる。

しかし一人だけ例外がいた。キリヤだ。キリヤはみんなの輪から少し離れたところでスパイクの紐《ひも》を結んでいる。冷めた顔つきで、話に参加する気もなさそうだ。

「入澤《いりざわ》も昨日のボクシング見たか？」

泣きぼくろの少年がキリヤに話しかけた。キリヤはスパイクから顔を上げて簡潔に返した。

「いえ、ボクは見てません」

「ふうん」

泣きぼくろの少年は興味を失ったように、またみんなとの会話に戻った。

話しかければ返事もするし、必要な場面ではソツなく会話もこなせる。けれど何が楽しいのか分からないことでバカ騒ぎし、じゃれ合うようなシーンではみんなについて行くことができなかった。そういう時、キリヤと他の部員たちの間には壁があるのだった。闇に生まれた者にも喜怒哀楽はある。それでも信頼感に裏付けされたふざけ合いのリズムを摑《つか》むことは難しかった。そのリズムを摑むには、人間に備わった直感的な何かが必要で、キリヤにはそれが備わっていないように思われた。またキリヤ自身も、その輪の中に入って行きたいとは思わなかった。そういう時の人間は、特別愚かに感じられるからだ。

「なあなあ、これ誰の真似でしょう。学用品以外は没収《ぼっしゅう》デーッス」

「教頭だろ、似てる」

「ははっ、そっくりじゃん」

「没収デーッス」

皆が口々に教頭の真似をして大笑いする。そこにボールを持った藤村とコーチがやって来た。コーチが来ると途端に緊張感が生まれる。へらへらする者は一人もいない。示し合わせたように真面目な顔でストレッチをやり始める。

ストレッチの後は試合をすることになった。キリヤのいるチームは黄色のビブスを着る。

ホイッスルの音と共にゲームスタート。力が均等になるようチームを分けたので、大きな点差は開かない。熱い日差しの下で走り回っていると、あっという間に汗だくになる。

キリヤは1年生ながら、エースの藤村とまともに渡り合える力を持っていた。自然と黄色チームの主な得点源はキリヤになる。しかしキリヤのプレイは少し変わっていた。キリヤはほとんどパスを出すことがない。パスをするのが定石と言える場面でも強引に抜いてシュートに行ってしまう。何度注意されてもそのプレイスタイルが変わることはなかった。それは今日も同じだ。

「キリヤ！」

キリヤにボールが回ってくる。キリヤはそれを難なく受け取りゴールを目指す。キリヤの足とボールは見えないゴムで繋《つな》がれているかのようだ。巧みなボールさばきで、ゴールはどんどん近づいて来る。

ディフェンスがキリヤの前に立ちはだかる。キリヤは止まり、ボールを細かく転がしながら相手の隙《すき》を窺《うかが》う。右にフェイントをかけ、左へ抜こうとするが抜けない。ゴール前に立つ黄色のビブスと目が合った。泣きぼくろのある少年だ。彼はキリヤに向けて片手を上げる。しかしキリヤはそれを無視した。体を回転させて自陣のゴールの方へ少し戻り、それからまた反転し相手ゴールへ突っ走る。放ったシュートはゴールキーパーの足の間をすり抜けて決まった。鋭い笛の音が加点を告げる。

キリヤは相手ゴールに背を向けキックオフ時のポジションへ戻ろうとする。

「おい」

肩を摑まれた。振り返ると、泣きぼくろの少年が厳しい目つきでキリヤを睨《にら》んでいる。

「なんでパス出さなかったんだよ」

「必要なかったからですよ」

「必要ない訳ねえだろ。あの状況でパスしないとか、どういうつもりだよ。オレにパスするくらいなら、自分で無理した方がマシってことか」

キリヤは肩をすくめた。頭に血が上った様子の相手を前に、落ち着いた口調で答える。

「無理なんかしてませんよ。ゴールしたんだし、いいじゃないですか」

しかし泣きぼくろの少年はそれを聞くと、いよいよ憤《いきどお》った。キリヤの胸倉を摑み、荒々しい声で責め立てる。

「シュート決めればなんでも許されると思うな！　サッカーは一人でやるもんじゃない。チームプレイができないヤツは壁でも相手にしてればいいだろ」

キリヤは10センチほど背の高い相手に胸倉を摑まれ体を揺さぶられても、怯《おび》えた表情を見せない。やや不快そうに眉を寄せ、黙って相手を見上げるだけだ。その態度が余計に彼を苛《いら》立《だ》たせる。泣きぼくろの少年は右手を振り上げた。

「止めろ！」

彼の右手は藤村によって止められた。藤村は泣きぼくろの少年をキリヤから引き離す。

「落ち着け！　プレイ中の揉《も》め事は厳禁だろう！」

「……すみません」

泣きぼくろの少年は先輩である藤村に注意され、しぶしぶ謝った。ふてくされた表情で、その謝罪が心からのものでないことが分かる。

コーチが三人の元へ来る。ケンカの理由は聞かず、コーチは泣きぼくろの少年とキリヤに頭を冷やして来いと言った。泣きぼくろの少年はキリヤと目を合わせないまま、水道の方へ駆けて行った。キリヤはその数秒後、彼とは反対の校舎の方へ歩き出す。

キリヤは背中で、ゲーム再開を知らせる笛の音を聞いた。

ほのかが理科室に来ると、そこには誰の姿もなかった。薄暗い教室には静寂が広がっている。今日は欠席が多いので、科学部のメンバーも学校を休んでいるのかもしれなかった。あるいは部活より試験勉強を優先させているのかもしれない。

ほのかは電気を点けて、理科準備室の鍵を開けた。準備室は理科室と扉一枚で隔てられている。狭い空間に実験で使う器具などがぎっちり詰め込まれた、物置用の部屋だ。ほのかは棚の中にしまわれている白衣を出して身に纏《まと》った。うっすらと薬品の匂いが漂う。

前のボタンは閉めないまま準備室から出て、今日はなんの実験をしようか考えた。アイディアを求めて理科室を見回す。長方形の机が、間に水道を挟み二つ一組になっている。それが何列にもなっていて、蛇口にはビーカーなどを洗うタワシが針金で引っかけられている。棚の中にあるのは顕微鏡やガスバーナー。壁には人体図の描かれたポスターが貼ってある。

ほのかは窓の外を見た。いろいろな部活がグラウンドで活動している。昨日に続き見事な快晴だ。

校舎の方へ視線を移すと、ほのかは見覚えのある後ろ姿を発見した。サッカー部のユニフォームにビブスを着たキリヤだ。キリヤは日陰にしゃがみ込み、一人でぼうっとしているようだ。その向こうに見える男子部のグラウンドではサッカー部が練習に励んでいる。

キリヤは何をしているのだろうか。ほのかはなぜか無性に気になった。他の部員が来ず時間を持て余していたほのかは、キリヤの方へ足を向けた。

細い日陰を作っている校舎の壁際、ほのかが理科室の窓からキリヤを見つけたところへ着くと、キリヤはまだそこにいた。キリヤはほのかに気付き、軽く頭を下げる。

「こんにちは」

「こんにちは。こんなところでどうしたの？」

「べつにどうもしませんよ。涼んでるだけです」

キリヤは平然と言った。

「部活は行かなくていいの？」

「いいんじゃないですか。ボクはいない方がいいみたいだし」

「どうして？」

ほのかが尋ねると、キリヤは自嘲《じちょうてき》的に笑った。

「ボクはあの人たちとは違うんです。上手く言えませんけど……。ボクはあの人たちを理解できないし、あの人たちにはボクが分からない。そういうものなんです」

グラウンドは活気で溢《あふ》れている。ボールを蹴る音、走り込みのかけ声、ただの世間話。

それらが合わさって放課後の雑音を作り上げている。

「キリヤくんはみんなと分かり合いたいって思ってるの？」

「思ってませんよ。面倒ですから」

「……そう。部活に行かないんだったら、私の実験を手伝ってもらってもいい？　私、科学部なんだけど今日はまだ誰も来てないの」

キリヤはほのかの頼みを引き受けて立ち上がった。ほのかを前にして、二人は理科室へ行く。

二人が理科室に来ると、そこにはやはり誰もいなかった。キリヤは長方形の机の下から椅子を出した。

「キリヤくんは、科学は好き？」

ほのかは準備室に入った。棚の中にしまわれている容器やビーカーを両手に持ち、そろりそろりと歩く。それを見たキリヤはほのかの手から容器を受け取り、近くのトレイの上に置いた。

「ありがとう」

ほのかも持っていたものを置く。

「好きかどうか考えたことはないな。ほのかさんは科学部に入るくらいだから、好きなんでしょうね」

「元から好きだったけど、科学部に入ってからもっと好きになったかも。みんなと一緒に実験をするのが、とても楽しいの」

「普段はどんな実験をしてるんですか」

「何かを作ることが多いかな。べっこう飴《あめ》とか。今度は香水を作る予定」

「この前の研究発表会は、雷を発生させる装置でしたっけ。名前はたしか……」

「YURIKOI号《いち》。ユリコっていう子のおかげで上手くいった実験だったから」

ほのかが持ってきた容器にはグリセリンと書かれたラベルが貼ってある。それに半透明の容器に入った洗濯のり、ビーカーが三つ、液体をかき混ぜるガラス棒がトレイに載っている。ほのかは洗面台から洗剤を取って、そこに追加した。

「キリヤくんはグリセリンを20ミリリットル量ってくれる？」

ほのかがビーカーをキリヤに差し出す。

「はい」

キリヤはグリセリンの容器のふたを開けた。その向こうでほのかは洗濯のりの量をビーカーで量っているようだ。

「科学部のみんなとはわりとすぐに打ち解けられたわ。同じ部活を選ぶくらいだから、どこか似たところがあったのかな」

キリヤが容器を傾けると、とろみのあるグリセリンが流れ出た。

「でもなぎさは違った。元々なぎさとはあまり話したこともなかったし、なぎさと私は全然違うタイプだった」

「美墨先輩とは元々仲良しだったわけじゃないんですね」

「うん。でも理由があって、急に一緒にいる時間が増えて……」

キリヤも慎重に、少しずつグリセリンを増やしていく。

「もちろん、明るくてみんなに好かれてるなぎさのことは嫌いじゃなかった。でも正直、最初はどう接したらいいのかよく分からなかったの。一緒にいてもあまり話が合わなかったし、少し無理をしていたのかもしれない」

ほのかは洗濯のりを、ビーカーの50ミリリットルの線まで入れた。もう一つのビーカーで、洗剤を10ミリリットル量る。

「それで一度ケンカになっちゃった。私が良かれと思ってしたことで、なぎさを傷つけてしまったの」

グリセリンも20ミリリットルのめもりに達した。キリヤはビーカーに入ったグリセリンをほのかに渡した。ほのかは礼を言ってそれを受け取った。

「なぎさはすぐに仲直りしようとしてくれた。だけど私はどうしてなぎさを怒らせてしまったのか分からなかったから、それを受け入れることができなかった。性格も価値観も全然違う私たちが仲良くできるはずないって思ってたわ」

「たしかに美墨先輩とほのかさんは正反対のタイプですよね」

「そうね。でもある時、私はなぎさと一緒にいる時間を楽しんでたんだってことに気付いたの。私はなぎさと友達になりたくて、なぎさも同じように思ってくれてることを知った時、少しだけ素直になれた。それから私となぎさは本当の友達になれたの」

カラカラと、ほのかがガラス棒で水と洗濯のりをかき混ぜる音が鳴る。それが終わると、今度はグリセリンも加えてさらに混ぜ合わせる。

「理由ってなんですか」

「え？」

「それほど仲良くなかったほのかさんと美墨先輩が一緒にいなくちゃならなくなった理由ですよ」

「それは……クラス委員を任されたからよ。私たち、桜組のクラス委員なの」

ほのかは一瞬視線を左上にさまよわせてそう言った。

「ちょっと待っててね」

ほのかは準備室へ入った。中でごそごそした後持って来たのは、ストロー2本と軍手だ。

水と洗濯のり、グリセリンの入ったビーカーに洗剤を加える。そして出来上がった粘り気のある液体を、ストローの先端に付着させた。反対側の穴に口を付け、息を吹き込む。するとストローからシャボン玉が出て来た。丸いシャボン玉はしばらくの間空中を浮遊し、ゆっくりと高度を下げていく。やがて机にぶつかった。しかしシャボン玉ははじけない。机の上に載っかって、不安定に揺れている。表面にはキリヤとほのかの顔がうっすら映っている。

キリヤはシャボン玉を指して言った。

「どうして割れないんですか？」

「洗濯のりとグリセリンを入れて、普通のシャボン玉よりも膜の強度を高くしてあるからよ。キリヤくんもやってみて」

キリヤは手渡されたストローの先端をシャボン玉液に浸けた。息を吹き込んでみる。しかし強くやりすぎたのか、シャボン玉は膨らまず液体が飛び散ってしまった。

「もう少し優しく息を吹き込んでみて」

ほのかがもう一度お手本を見せた。シャボン玉はふわりとストローから宙に飛び立ち、上昇していく。

キリヤも今度は慎重に空気を入れた。ストローの先でシャボン玉は順調に大きくなっていく。表面には波模様がうねり、虹の七色が入り混じる。

シャボン玉はどんどん大きくなっていく。ミカンくらいだったのがリンゴほどになり、グレープフルーツ大にまで膨れ上がった時、シャボン玉は割れた。

「あんまり大きくすると割れちゃうわよ」

「ストローから離すのができなかったんです」

「少しだけ息を強めたら離れていくわ」

キリヤはおもしろくなさそうな顔になりつつも、再びチャレンジした。そっと息を吹き込み、ちょうどいいところで少し勢いを強める。ようやく成功して、シャボン玉は宙に舞った。右へ左へ寄り道しつつ、徐々に上方へのぼっていく。キリヤはそれを目で追った。

「はい、軍手」

ほのかはいつの間にか軍手をはめていた。同じものをキリヤにも渡す。

「軍手をしていると、手で触っても割れないの」

「ふうん」

ほのかは落下してくるシャボン玉の下で両手を皿にした。シャボン玉は割れずに、ほのかの手の中に収まる。

ほのかは嬉しそうな笑みをキリヤに向けた。

「ほらね」

ほのかはキリヤに向けて、そっとシャボン玉を放った。取り留めのない動きでキリヤの方に飛んでいく。なかなか高度を落とさず、顔面めがけてやって来るそれをキリヤはなんとかキャッチした。

シャボン玉の中で、周囲にある様々なものが形を歪《ゆが》ませている。キリヤ自身の顔も横に長く伸びて別人のようだ。もちろん、それは向かい側に座っているほのかも同じだった。

「ほのかさん、変な顔」

キリヤはちょっと意地悪く言った。ほのかはキリヤの視線の先にあるシャボン玉を覗《のぞ》き込む。

「ふふっ、キリヤくんもじゃない」

ほのかはシャボン玉に映った奇妙な顔の二人を見て笑う。

「シャボン玉って普通はすぐに割れてしまうものでしょ？　でも作り方をちょっと変えれば丈夫にすることができる。それって人間関係も同じじゃないのかな。私となぎさは全然違うタイプだけど、人はみんな違って当たり前。大切なのはどうやって相手に歩み寄るかだと思う」

シャボン玉はキリヤの手から離れた。ふわふわ宙を散歩する。

開いた窓から風が吹くと、シャボン玉はそれに呑《の》まれて外へ逃げてしまった。遠く高く舞い上がり、あっという間に見えなくなった。

突然、理科室の引き戸が開いた。戸の向こうに立っているのは泣きぼくろのサッカー部員だった。彼はキリヤの姿を認めると室内へ足を踏み入れた。

「やっと見つけた。どうしてこんなとこにいるんだよ」

少年は額の汗をユニフォームの袖で拭った。よほど探し回ったのか呼吸が荒い。

「なんの用ですか」

泣きぼくろの彼は、座ったままでいるキリヤの目の前まで近づいた。むっつりと口を曲げてキリヤを見下ろす。

「ごめん！」

彼は勢いよく頭を下げた。

「俺が悪かった。俺、分かってるんだ。俺よりキリヤの方が上手いってこと。でも後から入って来たキリヤの方が上手くて、おまけに女子から人気もあるのが気に食わないんだよ。だからきつく言いすぎた。ごめん」

頭を深く下げたまま彼は言った。

キリヤはほのかに目を遣《や》った。ほのかは柔らかく微笑んでいる。

「……ボクの方こそ、すみませんでした。今度、パスの出し方を教えてください」

泣きぼくろの少年は顔を上げた。そこには安堵《あんど》の表情が刻まれている。

「ああ！　いつでも教えてやるよ。俺もお前に教わりたいことあるしな」

遠くのグラウンドで笛が鳴った。サッカー部で使われているものの音だ。

「早く行こうぜ。コーチに怒られる」

泣きぼくろの少年は駆け足で廊下に出た。キリヤは軍手をはずし、ほのかに返した。

「ほのかさん、ありがとうございました。……でも、そういうことじゃないんです」

キリヤはそう言い残して少年の後を追った。

ほのかにはキリヤの言葉の意味が分からなかった。返された軍手はまだ温かい。指先が黒ずんで、糸がほつれかけている。ほのかはそれを見つめた。

厚い雲が太陽に被って、理科室に影を落とした。

実験器具を片付けようとして立ち上がった時、また引き戸が開いた。キリヤたちが出て行ったのとは反対の戸だ。そこから現れたのはユリコだった。

「ごめん、日直で遅くなっちゃった」

短い黒髪に丸メガネをかけたユリコは、いかにも優等生っぽい雰囲気がある。ユリコは廊下の先をちらちら見つつ室内に入った。

「来てくれて良かった。今日はまだ誰も来てないの」

「え、本当？　今日休みが多いとは思ってたけど……。ところで今出て行ったのって、噂《うわさ》の転校生？」

「入澤キリヤくんのこと？　そうよ」

「なんでキリヤくんが理科室に？」

「たまたま会ったから実験を手伝ってもらってたの」

「えーっ、そんなことならもう少し早く来るんだった」

ユリコはがっくりと両手を机に突いた。ずれたメガネを人差し指で直す。

キリヤは女子部でも有名な存在だった。編入試験で満点を取り、転校初日から卓越したサッカーセンスを見せつけたとなれば、その噂は光の速さで飛んでいく。女子部の多くがキリヤに対して淡い憧れを抱いていた。それはキリヤより上の学年であるユリコやほのかの代も同じだった。

「ほのかとキリヤくんってそんなに仲良しなの？　前に駅で会った時はそうでもなさそう

だったけど」

「ユリコと一緒に駅で会ったときが初めてよ。あれから藤村くんのお友達の家に農作業を手伝いに行ったんだけど、そこで一緒になったの。その時にちょっとお話ししただけ」

「お話ししただけ、ねえ」

　ユリコは物言いたげな目でほのかを見る。

「……なんかほのかって、お得」

　ほのかはユリコの意図するところが分からず、首をかしげた。

「だって藤村先輩とも幼なじみなんでしょ。サッカー部の二大注目株と知り合いなんてうらやましいよ。私なんて緊張しちゃって、男子とはろくに喋《しゃべ》れないっていうのに」

　ユリコは愚痴りつつ、手に持っていたバインダーと鞄を置いた。椅子を机の下から引き出して座る。

　そこでシャボン玉液の入ったビーカーに気付いた。ストローでそれをかき混ぜ、とろみのある液体を興味深そうに観察した。

「もしかしてシャボン玉？」

「正解。グリセリンと洗濯のりを入れて、割れにくいシャボン玉を作ってみたの」

　ほのかはシャボン玉を膨らませ、軍手をした手のひらで転がしてみせる。

「へえ、おもしろそう」

ユリコは準備室からストローを取って来て、軍手をはめた。ほのかと同じ要領でストローに息を吹き込む。シャボン玉は簡単に膨らみ、宙を浮遊する。ユリコはシャボン玉をキャッチしようとして手のひらを差し出した。しかしユリコの手から逃げるように、シャボン玉は机の向こう側へ行ってしまった。ユリコは両手を前へ突き出したままそれを追う。

「ああー、待て待てー」

シャボン玉の動くスピードは決して速くない。しかしシャボン玉は障害物のない空中を気ままに浮遊しているのに比べ、ユリコは机と机の間の狭い通路を通らなければならない。結果、ユリコはなかなかシャボン玉との距離を詰めることができなかった。

シャボン玉に集中するあまり、ユリコは机の角に膝をぶつけた。痛っと声をあげるが、足は止めない。教室の中を一周回って、やっとシャボン玉はユリコの手に収まった。

「捕まえた！」

ユリコはそばかすのある顔に喜色を浮かべた。ほのかも笑い返す。

二人は開いた窓の前に並んだ。ユリコはシャボン玉を外へ逃がしてやった。室内にいた時よりもシャボン玉はずっと高く昇っていく。ほのかとユリコはそれが見えなくなるまで見送った。

「すっかり夏だねえ」

ユリコが言った。外に向けて新たにシャボン玉を吹く。

「そうねえ。7時でも明るいなんて信じられない」

ほのかもユリコの隣でシャボン玉を吹いた。シャボン玉は次々グラウンドの喧騒《けんそう》の中に送り出される。

「それで秋になると、5時で暗いなんて信じられないってなるんだよね」

「たしかにそうかも」

「夏になると、無性に何かしたくならない？」

「何かって？」

「とくに何がっていうわけじゃないんだけど、ふつふつ気力が湧き上がってくるっていうか。夏にやりたいことリストとか、毎年気合入れて書いちゃう」

ユリコはそう言って、ほのかの持つシャボン玉液を軽くかき混ぜた。洗剤の爽やかな匂いが香る。

「海に行きたいとか？」

「そうそう。シリーズものの本を読破するとか、自転車で行けるとこまで行ってみるとか、お祭りを制覇するとか。まあ、やりたいなって思うだけでほとんど実現はできないんだけどね」

「私は科学部の夏合宿も楽しみだな」

「文化系の部活で夏合宿って珍しいよね。今年は何やるんだろ」

「多分、自然観察とかになるんじゃない？　山の方に行くみたいだし」

「山かあ。変な虫が出ないといいなあ。昨日も家に、脚のなが～い変なヤツが出現してもう大騒ぎよ」

ユリコは5本の指を虫の脚に見立ててバラバラに動かした。顔には嫌悪感に満ちた表情が浮かんでいる。

女子部のグラウンドではラクロス部も練習に励んでいる。ほのかはその中に、なぎさの背を発見した。

理科室に数人ぶんの足音と話し声が近づいて来た。聞き覚えのある声に、ほのかとユリコは廊下の方を振り返った。

「ごめん、遅くなっちゃった」

現れたのは科学部の三人だった。

「あ、やっと来た」

ユリコが三人に向けてシャボン玉を飛ばす。それは一人の制服にくっついた。制服に付いても割れないシャボン玉に、三人はおお、と声をあげた。

「今日の実験、どうしよっか」

ほのかが問うと、三人のうちの一人が時計を見上げて言った。

「今日はもう時間ないし、べっこう飴《あめ》だけ作ってお茶会にしない？」

その意見に皆賛同した。砂糖と水をガスバーナーで熱するだけで作れるべっこう飴は、簡単でおいしい実験の定番だった。

「じゃあそうしましょっか」

ほのかの一声でユリコたちは動いた。べっこう飴作りに必要な実験器具が次々机の上に用意されていく。

シャボン玉液は洗面台に流された。きらきら光る細かな泡が立つ。その泡の一つ一つに、歩き回るほのかやユリコたちの顔が映った。


部活後、なぎさとほのかは予定通り志穂の家に来ていた。立派な一軒家に久保田の表札が掲げられている。

なぎさはその横に設置されたインターフォンのボタンを押した。ありふれたチャイムの音が鳴る。

「はい」

すぐに応答があった。なぎさはインターフォンのカメラに近づきすぎていたことに気付き、慌てて距離を取る。

「あの、志穂の……志穂さんの友人の美墨です。ノートを届けに来ました」

「あらなぎさちゃん。ありがとう。今開けるわね」

志穂の母は親しげな調子で言った。なぎさは前にも志穂の家に来たことがあり、志穂の母とも顔見知りだった。

すぐに玄関ドアから志穂の母が出て来た。彼女は門を開いてなぎさとほのかを招き入れる。

「学校帰りにわざわざ悪いわね。なぎさちゃんと、そちらは……？」

「雪城ほのかです」

「ほのかちゃん、来てくれてありがとう。どうぞ入って」

「お邪魔します」

なぎさとほのかは家の中へ上がった。志穂の母が先頭を歩いて、志穂の部屋まで案内する。

「志穂の具合、どうですか？」

なぎさが尋ねると、志穂の母は心配そうに眉尻を下げた。

「病院にも行ったんだけど、原因が分からないって言うのよ。昨日までは元気だったのに、急に具合が悪くなっちゃって……。熱はないのに、おかしいわよねえ」

志穂の部屋の前に着くと、母はお茶を持って来るわねと言ってキッチンへ向かった。

なぎさが目の前のドアをノックする。

「志穂、入るよー」

返事はなかった。音を立てないように、そっとドアを開ける。部屋の中は電気が点いておらず、薄暗い。ベッドの布団が人の形に盛り上がっている。

「寝てるのかな」

部屋に入り、ベッドの中を覗く。志穂は顎の先まで布団を被り、目をつむっていた。呼吸は乱れ、額には汗が浮かんでいる。

「うなされてるみたい」

ほのかが小声で言った。

「起こした方がいいのかなあ」

なぎさは志穂の肩を摑んで、小刻みに揺らした。

「おーい、志穂。大丈夫？」

志穂が目を覚ます気配はない。それどころかますます呼吸が乱れ、眉は苦悶《くもん》に歪《ゆが》む。

「おーい」

なぎさはさっきよりも少し強めに肩を揺らした。それでも志穂はまぶたを閉ざしたままだ。なぎさは困ってほのかを見上げた。

「どうしよう。起こした方がいいよね？」

「そうね、苦しそうだし……」

「うーん、どうしたら目を覚まさせてあげられるんだろう」

なぎさは腕を組んで考えた。相手が亮太だったら布団を引っ剝がし、大声を出して叩き起こせるが、病床の友人相手にそんな荒っぽい手を使うのはためらわれた。

「耳元で蚊の羽音がすると人間は起きるっていうのは聞いたことがあるわ」

「蚊の羽音って、こんな感じ？」

なぎさは喉の奥でプーンと、かん高い音を出した。

「似てる！」

ほのかは笑いまじりに言った。

「よし。じゃあやってみよう」

なぎさは寝ている志穂の耳元に口を寄せ、羽音に似せた音を出した。志穂は不快そうに首を振り、壁の方へ寝返りを打った。なぎさは移動した志穂の耳を追いかけて蚊の真似を続ける。

その後ろでほのかは抑えきれない笑いを零《こぼ》した。

「ふふっ……」

「ちょっと、何笑ってんの」

「ごめんなさい。なんだかおかしくて」

「こっちは真剣なんだからね」

なぎさはベッドに肘をつき、改めてプーンと蚊の真似をした。志穂が微かにうめく。なぎさはもう一押しだと、さらに気合を入れる。

パチンッ。

なぎさの両頬が志穂の手に挟まれた。志穂は上半身を起こし、目を開いた。

「おはよ、志穂……」

なぎさは志穂に頬を潰されたまま言った。志穂はなぎさとしばらく見つめ合った後、黙って手を下ろした。その顔にはどんな感情も見えない。なぎさとほのかがいることへの驚きも、妙な起こされ方をした怒りもない。ただ虚《うつ》ろに、ぼんやりと唇を開いている。

なぎさとほのかは顔を見合わせた。いつもくるくる表情を変える志穂の無表情は、二人に大きな違和感を与えた。

「志穂？　どうしたの？　やっぱ具合悪い？」

なぎさの言葉にも志穂は反応を示さない。瞳は半分閉じられ、どこを見ているのかも定かではない。単に風邪で具合が悪いにしては様子がおかしい。まるで魂が抜けてしまったかのようだ。

「久保田さん、私たち先生に言われてこれを持って来たの」

ほのかはブルーのノートを出して志穂に差し出した。しかし志穂はそれを受け取ろうとしない。黙ったまま、両腕はだらりと下に垂れている。

「志穂どうしちゃったのよ。まさか寝ぼけてる？」

なぎさは志穂の顔の前で手を振った。志穂はそれにも反応しない。今度は俯《うつむ》いた志穂の頬をつついてみる。すると志穂は、すっくとベッドの上に立ち上がった。あまりに急な動きだったので、なぎさは思わず後ずさった。沈黙を守ったまま志穂はなぎさとほのかを見下ろす。二人よりも背の低い志穂だが、ベッドの上に立つと頭二つぶんほど大きい。

「えっと、怒っちゃった……？」

ゴゴゴゴゴ……という効果音を背負ったような志穂に、なぎさは恐る恐る尋《たず》ねた。

志穂はそれには答えずにベッドから降りた。なぎさは志穂の異様な雰囲気に怖じ気づいて、もう一歩後退する。志穂はなぎさとほのかの前を素通りしてドアを開いた。そのままおぼつかない足どりで廊下へ出て行く。

廊下では志穂の母が紅茶を持ってこちらへ来る途中だった。志穂は、母が目に入っていないかのように廊下の真ん中を直進する。志穂の母は急いで端に寄ったが、志穂の体がお盆にぶつかってしまった。紅茶の入ったカップが落ち、バラバラに砕け散る。しかし志穂はそれにも目を向けない。わずかにも歩調をゆるめることなく玄関へ進む。

「これってもしかして……」

ほのかが言うと、なぎさは頷《うなず》いて同意を示した。こういう奇妙な出来事の裏では、大抵ヤツらが糸を引いている。

「志穂の後を追おう！」

二人は事態を呑《の》み込めていない志穂の母にいとまを告げて、志穂の後を追った。

志穂は玄関でも立ち止まらず、裸足のまま外へ出てしまった。それを見たなぎさは志穂の家の靴箱から素早くサンダルを出し、志穂の先回りをしてサンダルを地面に置いた。その上を歩く時、志穂の足はちょうどそれに入った。

「あまりサイズが合ってないみたいだけど……」

ほのかの言う通り、なぎさが靴箱から出したサンダルは、志穂には大きすぎるものだった。恐らく父親のものであろうそれを履いた志穂は歩きにくそうにかかとを引きずっている。

「ま、まあ裸足よりいいでしょ」

なぎさは手を頭の後ろにやって言った。

志穂は何かに導かれているように迷いなく進んだ。たまにすれ違う人はパジャマ姿の志穂を見て驚いた様子を見せる。それを後から追うなぎさとほのかが笑顔でごまかした。

志穂は歩道橋を渡り、細い路地に入った。そこは家が並んでいる人通りのない路地だった。沈みかけの弱い陽の光が、さびしい道を余計にさびしく見せる。いつのまにか灰色がかった雲が重苦しく立ち込めている。その中でもとくに怪しげな雲が集まっている箇所があった。志穂はそちらの方へ向かって歩いていく。

「なぎさ、邪悪な気配を感じるメポ！」

メップルがポーチから顔を出した。

「たくさんの気配が1ヵ所に集まっていくような気がするミポ」

ミップルもほのかに警戒を促す。

「ねえ、久保田さん手に何か持ってない？」

ほのかが言った。二人の前をいく志穂の手には小さなぬいぐるみが握られていた。その全貌は見えないが、指の隙間から覗くショッキングピンクの布地は間違いなくハッピーガッパーのものだった。

「そういえば志穂や莉奈はアイツが作った偽物のハッピーガッパーを持ってるんだ！」

「あれに何かが仕掛けられているのかも」

「そうだとしたら大変。一体何人があれを持ってるのよ」

「もしかしたら今日学校で欠席が多かったのも、あれが関係しているかもしれないわ」

志穂は一定のペースを保ったまま歩き続ける。

しばらくすると三人は細い路地を抜け、十字路に出た。住宅地だが、どこの家にも人の気配はなく静まり返っている。

怪しい黒雲はもう頭上に来ていた。その雲とあたりの静けさがあいまって、この世とあの世の境目のような、不気味な雰囲気を醸し出している。

十字路をまっすぐ進んだ先に空き地が見えた。そこに人だかりのできているのが、遠目からでも見える。空き地の真ん中で、ゆうに二十人以上の人が集まっている。なんの変哲もないただの空き地のようなのにおかしなことだった。もっとおかしなことには、そんなにもたくさんの人が集まっているというのにまったく話し声が聞こえて来ない。

　志穂は空き地に足を向ける。ふいに角から一つの人影が現れた。なぎさとほのかはその人物を見て驚きの声をあげた。

「莉奈！」

「高清水さん！」

　それは莉奈だった。莉奈も志穂と同じく、ぼうっとした顔で虚空を見つめている。ベッドで眠っていたところを起き出して来たのか、服装はやはりパジャマだ。

　莉奈はなぎさとほのかにも気付かない様子で、空き地へ向かって歩みを進める。

　二人は志穂と莉奈を追って、空き地に足を踏み入れた。


　この街はたくさんの建物に埋め尽くされている。住宅、会社、学校、飲食店。四角く切り取られた空間の中で、それぞれまったく異なるルールを形成している。時にはそのうちの一つのルールが世界のすべてそのもののように思えてしまう。けれど高いところから街全体を見渡すと、それがいかに小さなものかよく分かる。

「虹の園には光と闇が同時に存在してる」

　赤みがかった長い髪が揺れる。隣には彼女よりも一回り小さな少年の背中がある。

この世界のどこにも属さない二人は、また建物の屋上で肩を並べていた。

「一つ一つは小さいけど、光の持つ希望も闇の持つ暗黒も、どちらのエネルギーも満ちている。このエネルギーをジャアクキング様に捧げれば、苦しみを和らげることができるかもしれない。……イルクーボが言ってたのはそういうことよね」

「ああ。そしてその作戦は、もう成功したも同じだ」

幾重《いくえ》にも張り巡らされた道には、多くの人の姿がある。そのほとんどは目的を持った確かな足どりで歩いている。しかしここから街全体を眺めると、あちらこちらに他とは様子の違う人間が認められる。彼、彼女らは、ふらふらとして今にも倒れそうだ。にもかかわらず、どこからか糸で引っ張られているかのように、その歩みには迷いがない。まるで足だけが意志を持っているようだ。不自然な動きはマリオネットを連想させる。

普通でない様子の者たちは周りの注目を集める。たまに大丈夫かと話しかけられるが、誰も耳を貸さない。皆、何があっても決して歩みを止めない。そしてそれらの人々は、全員同じ場所へ向かっていた。

「ヤツらも結構抜けてるわよね。アタシの正体は見破れても、ハッピーガッパーに込められたザケンナーには気付かないなんて」

ポイズニーは侮蔑《ぶべつ》の意がこもった声で言った。

「アタシの作った偽物のハッピーガッパーを持った人間たちは、ザケンナーにエネルギーを吸い取られる。そしてそのエネルギーはジャアクキング様の糧《かて》となる」

だけど、とポイズニーは続ける。

「アタシはそれだけで満足するつもりはないわ。今度こそプリズムストーンを頂く」

そう宣言するポイズニーに、キリヤは小さく笑った。

「悪役みたいだよ、姉さん」

「悪役でも結構。アタシはアタシの使命を果たすだけ。それに、ジャアクキング様の永遠はアタシたちの永遠でもあるのよ」

「永遠、か」

キリヤはぽつりとポイズニーの言葉を反芻《はんすう》した。なにげない呟きだったが、ポイズニーはそれに反応してキリヤの方を向いた。

「アンタ、妙なことを考えてるんじゃないでしょうね」

「妙なことって？」

「……分からないけど。なんとなくそんな気がしただけよ。違うならいいの」

カラスが鳴きながら二人の頭上を飛んでいく。

マリオネットのような動きの人々が目指しているのは、この屋上からほど近いところにある空き地だった。すでに数人が集まっているのが見える。集まった人々は皆、手にポイズニーが作ったショッキングピンクの偽ハッピーガッパーを握りしめている。その誰もが声を発さず、天を仰いでいる。

空き地周辺には不穏な黒雲が立ち込めて、そこには鳥も近寄ろうとしない。

「さっさとプリズムストーンを手に入れて、ドックゾーンに戻りたいもんだわ。どうもドックゾーン以外の世界は落ち着かない」

「その割にはずいぶん馴染《なじ》んでるみたいだけど」

「馴染んでるんじゃなくて、努力して溶け込むようにしてるの。ヤツらの隙を突くためにね」

「姉さん得意の変装を活かすためには、この世界を知ることが必要ってことか。この前は旅館の……なんだっけ？」

「仲居《なかい》さん」

「そうそう、それ。どうだったの」

ポイズニーはその時のことを思い出して、うんざりした表情を浮かべた。

「重労働よ。女将《おかみ》は人遣い荒いし、客はこっちの都合なんか考えないし、ただでさえやることがいっぱいなのに仕事は次々増えるし。人間ってどうしてわざわざあんな大変なことをやんのよ。アタシは虹の園に生まれなくて良かった」

「人間の仕事ってそんなに大変なんだ」

「そ。チョコレートを配った時も、お茶に誘われたりして苦労したわ」

ポイズニーはまんざらでもなさそうな顔に変わって言った。

「お茶？　なんでお茶なんかに誘うんだろうね。一人で勝手に飲めばいいんじゃないの」

キリヤは当たり前のように言う。ポイズニーはそんなキリヤの目を見て、大きなまばたきをした。

「……アンタって、やっぱり子供だったのね」

「どうして今の話がそうなるわけ」

「気にしないで。なんでもない。それよりアンタの方はどうなの」

突然子供扱いされたキリヤは、一瞬不満そうな顔を見せた。しかしすぐにいつも通りの口調でポイズニーの問いに答えた。

「とくに変わったことはないよ。今日、部活でちょっと揉《も》め事に巻き込まれたけど大したことにはならなかった。後から入って来たボクの方が上手いと、おもしろくないんだってさ。人間って分からないことばかり気にするよ」

ポイズニーはそれに対して肯定も否定もしない。黙ってキリヤの話に耳を傾ける。

「ボクらとは違う存在だから、分からなくて当然なんだけどね」

キリヤは屋上の縁《ふち》に足をかけて乗った。続々と空き地に人が集まってきている。その多くが10代の少年少女だ。

「それをあの二人のうちの一人に言ったら、みんな違って当たり前だと言われたんだ。でもそういう問題じゃないんだよね、ボクの場合は」

「……キリヤ」

「ああ、もちろんボクの正体を明かしたんじゃないよ。ヤツらはボクをただの後輩だと信じきってる」

ポイズニーはキリヤとの距離を詰めた。地上に目を向けていたキリヤはポイズニーの方を振り返る。

「この世界に馴染んでるのはキリヤ、アンタの方なんじゃない」

ポイズニーはキリヤの目を見て言った。キリヤが屋上の縁に立っているため、二人の身長はほぼ同じになっている。

「そんなことないよ。ボクと人間は違うモノ。ちゃんと分かってる」

「そうね、アンタは分かってるでしょうね。でも今のアンタは人間との関わりを楽しんでるように見える。その気持ちはいつかアンタの命取りになるわよ」

「大げさだな。心配しなくてもちゃんとプリズムストーンは奪《うば》うよ。ボクは怠《なま》けてるんじゃないから、安心して」

ポイズニーはキリヤの言葉を聞くと、落胆したように目を伏せた。

「そういうことを言ってるんじゃないんだけどね。……ま、これはアタシがどうこう言っても仕方ないか」

キリヤは独り言めいたポイズニーの発言を気に留めることはなかった。またポイズニーに背を向け、地上を眺める。

偽物のハッピーガッパーを握った人々が見える。みんな不自然な歩き方で空き地を目指している。横断歩道に一人、高いビルの間に一人。歩道橋にも一人いる。キリヤは歩道橋を渡ろうとしている者を見て、あ、と声を漏らした。それは志穂だった。志穂の後をなぎさとほのかが追っている。歩道橋から空き地まで、大した距離はない。このままだと二人は志穂に導かれ、空き地へたどり着くだろう。

「アタシもそろそろ行った方が良さそうね。ヤッらに邪魔されないうちに」

ポイズニーはキリヤの視線の先にいる二人を見て言った。

「気をつけてね、姉さん」

「言われなくても」

ポイズニーはコンクリートの屋上を蹴り、そこから地上へ飛び降りた。

キリヤは歩道橋から目を離さない。なぎさとほのかはそこを渡り終えようとしている。様子のおかしい友人に慌てふためく二人の様子が想像されて、キリヤは薄い笑みを浮かべた。

第三章

坂の上で満天の星空を見たあの日から数年が経った。さなえは子供とも大人とも言えない、微妙な年齢にさしかかっていた。

街は、もう瓦礫《がれき》の原っぱではない。一度は消滅した建物が続々と建てられ、かつて以上の活気を見せている。まだ信号の少ない道路を、車が土煙を上げて荒々しく走る。人々はそれを上手くかわして通りを渡った。

あの坂の上から夜に街を見渡せば、星と同じくらいの明かりが見える。欅《けやき》の木も新芽を吹き、葉はこんもり繁るようになった。

新しいデパートも次々に建ち、様々な宣伝文句を書き連ねたチラシが出回っていた。庶民に向けて門戸を開放したデパートは新しい娯楽の場となり、子供はこぞってデパートへ連れて行ってとねだった。何百何千もの真新しい品々が詰まったそこは、多くの人にとって夢のような場所だった。

しかしさなえにとってデパートは、少し違う印象を与えるものだった。

さなえは今、黒板に書かれたアオイデパートの文字を見つめている。ここは近所の中学校の教室だ。日曜日なので授業はない。今日はここで、ある説明会が行われようとしていた。

「さんちゃん、隣いい？」

近所に住む妙子《たえこ》が話しかけて来た。

「うん、いいよ」

さなえは笑顔で答えた。妙子は隣の椅子に座る。席はほぼ満員だ。

「あっついねえ」

妙子はしきりに扇子で顔に風を送っている。外は30度を超える真夏日だ。扇風機もない教室は熱気がこもり、かえって外より暑いかもしれない。

迷い込んだ蝶々《ちょうちょう》が教室の中を飛んでいる。木造の壁や床、木板の机。茶色いそれらに囲まれて、白い蝶々はよく目立つ。

「またそれ持ってる」

妙子はさなえの手の中にあるものを見て言った。

さなえが両手で握りしめているのはミップルのカードコミューンだ。水色と白のつるりとした表面が、陽の光を浴びて輝いている。さなえは相変わらず、それを父からもらったお守りとして大事に持ち歩いていた。

「ハイカラな形だよね。手鏡だっけ」

「分からないの。これ開かないんだ」

「ええ？　でもどう見たって開きそうだけど？」

「そうなんだけど開かないのよ。壊れているのかも」

さなえはカードコミューンの蓋《ふた》を開けようとしてみせた。しかし蓋は固く閉ざされたまびくともしない。

さなえはこれまで幾度となくカードコミューンを開けようとしてきたが、すべてムダな努力に終わった。寄せ木細工の秘密箱のように、何か仕掛けが施されているのかもしれないと思い、あらゆるところをつついてみたこともあった。が、結局それらしいものは見つけられなかった。

「ちょっと貸してみて」

妙子はカードコミューンを取って、自分も挑戦してみた。指先が白くなるまで力を込めても開く気配がない。妙子はまじまじとそれを観察した。

「ちゃんと蓋と本体で分かれてるみたいなのに、不思議だね」

目を皿のようにして眺めても、カードコミューンの開かない原因は分からない。妙子は諦めて、カードコミューンをさなえに返した。

「でも可愛くて素敵ね。そういうものをくれるお父さんっていいなあ。うちのお父さんなんて私の誕生日に何くれたと思う？　毛糸のパンツよ。ホント神経疑っちゃう」

妙子は言い終えてから、はっと手で口を覆った。

「ごめん、こんなこと言っちゃって……」

妙子は気まずそうに下を向いた。

さなえの父は、出征したきりまだ帰って来ない。生きているなら便りの一つもありそうなものだが、それもない。口には出さないものの、周囲の人間は彼の生還を絶望視していた。

「大丈夫。お父さんはきっと帰って来るって、私には分かるから」

さなえは気丈《きじょう》に言った。妙子はホッとした表情で頷《うなず》く。

「うん。きっと帰って来るよ」

教室の扉が開いた。二人の大人が入って来て、黒板の前に立つ。二人ともスーツを着込み、整髪料で髪を固めた、いかにも会社員らしい風貌の男性だ。

二人が現れると、ざわついていた教室は途端に静まった。さなえと妙子もおしゃべりをやめて、緊張した面持ちになる。

「本日はお集まりいただきありがとうございます」

黒板の真ん前に立った男が言った。極めて事務的な言い方だ。その顔も声と同じく冷たい感じで、なんの感情も浮かんでいない。

もう一人の男は一歩離れたところに立ち、彼の補佐に回る姿勢を示している。こちらも似たような冷淡な雰囲気を醸し出している。

この教室にいる面々は二人を知っていた。彼らはアオイデパートの人間だ。近頃急成長を遂げているアオイデパートは、各地に新店舗を開店させている。そして次の候補地には、さなえやその近隣の人々が暮らす土地が挙げられていた。

デパート建設のための立ち退きに理解を求める場として、この説明会は繰り返し行われてきた。

「まず皆様にお伝えしたいことは、アオイデパートはこの街の象徴となるであろうことです。アオイデパートは必ず多くの人にとってなくてはならないものになります。この街にお住まいの方は、皆アオイデパートの恩恵を受けるでしょう。今日お集まりの方々にお願いしたいのは、利己的な心を捨ててもらいたいということです。皆様が現在所有しておられる土地を我々に譲ってくださることは、この街の、ひいてはこの国の復興に繋《つな》がる。ご自分が世のためにすべきことは何か、今一度お考えいただきたい」

男はねっとりした目で教室内をなめるように見た。

「それでは説明会を始めます――」

補佐役の男が全員に資料を配る。それを見ながら、建設計画の構想、扱う予定の商品などの説明がなされた。

説明会は1時間ほどで終わった。

アオイデパートの社員が教室から出て行くと、にわかに張り詰めていた空気がゆるみ、思い思いの呟きが渦巻く。

「やっぱり立ち退くしかないのかね」

「大きな企業には逆らえないわよ」

「代わりの家も探してくれるっていうし……」

「でもうちは年寄りがいるから、簡単には引っ越せないよ」

「私だって思い出のある家を離れたくない」

「そう言って2丁目の酒田さんはあんな目に遭ったじゃないか」

「大人しく立ち退くのが賢い選択だよ」

「そうね。そうするしかないんだわ……」

それらの呟きには力がなく、どの声にも諦《あきら》めが滲《にじ》んでいる。

教室から一人、また一人と退出して行き、話し声の渦は少しずつ小さくなっていく。

「さんちゃん、一緒に帰ろう」

妙子に言われてさなえは立ち上がった。

「うん。帰ろう」

二人は連れ立って教室を出た。

夕暮れの気配が濃密になる時間帯だった。電柱の影がくっきりと地面に投げ出されている。

妙子とさなえは通い慣れた道を通って家へ向かう。塀から飛び出した百日紅《さるすべり》の木も、薬屋さんの看板も、商店の裏に置いてある酒瓶のケースも、みんな知り尽くしたもので目新しさはない。

しかしふとした瞬間に、それらのものが鮮やかな色彩を持って迫ってくる時がある。それは旅先で見るどんな風景よりも素晴らしく感じられる。こんなに素敵なものが身近にあることを、どうして忘れていたのだろうという思いに駆られる。日々の生活に追われているうちに、目の中には見えない埃《ほこり》が積もってしまう。その埃が風に洗い流されるひととき。さなえは妙子と歩きながら、そんなひとときを味わっていた。

何年も歩き続けてきたこの道は、完全に日常の一部で、当たり前にあるものだった。それだけ長く親しんできた道だ。アオイデパートが建設されれば、さなえや妙子の家も、この道も失われてしまう。

けれどそれは仕方がないことなのかもしれない。さなえは思った。街は変わっていくものだし、アオイデパートができればきっと喜ぶ人がたくさんいるのだろう。それに比べれば、自分たちの家が無くなることなんて大したことではないんだと自分に言い聞かせる。

「思い出のある場所を失うことは、本当に辛いミポ……」

さなえはカードコミューンの入ったポケットを押さえた。

またこの声だ。語尾にミポと付くこの声は、坂の上で星空を眺めたあの日から時々聞こえてくるようになった。

声は、どうやらカードコミューンから聞こえてくるようだった。しかしさなえ以外の人には聞こえないらしい。またさなえ自身、聞こえたのか聞こえた気がしただけなのか、判断がつかなかった。それは耳で聞いたというより、心で聞いた声という感じだった。さなえは半分、これは空耳のようなものなのかもしれないと思い、そしてもう半分では決して空耳などではないと確信していた。

「酒田のおじさんの話、聞いた？」

妙子が尋《たず》ねた。

「ううん。何かあったの？」

さなえが聞き返すと、妙子は暗い表情になった。

「酒田のおじさんがね、怖い人たちに襲われてケガしちゃったんだって」

妙子は周囲に不審な人物がいないか確認し、声の音量を下げた。

「ほら、おじさんずっと立ち退きに反対してたでしょ。だからアオイデパートと関係のある人にやられたんじゃないかって、みんな噂《うわさ》してるの。早く出て行けとか言われたらしいし」

「本当なの？　いくらなんでもそんなやり方……」

「みんな怖い目に遭いたくないから、立ち退きを受け入れるしかないよねって言ってるんだ」

二人は沈黙して歩いた。

妙子の話が本当なら、アオイデパートのやり方は許せない。当然、そんな会社に思い出のある場所を潰されたくない。けれどさなえにはどうすることもできなかった。一人の少女が立ち向かうには、相手があまりに大きすぎた。

「それでね」

妙子が立ち止まった。一段と深刻そうな顔つきで、さなえの足元を見つめている。

「おじさんを襲った人たちの中に、野球のバットを持った人がいたんだって。もしかした

ら それが……」

1台の車が通り抜けた。妙子は話の途中で口を噤《つぐ》み、道の端に寄った。

車が行ってしまうと、妙子はためらうように何度も口を開きかけては止め、開きかけては止めを繰り返した。結局、最後にはぎごちない笑みを浮かべてさなえの先を歩き始めた。

「なんでもない。それより覚えてる？　小さい頃は近所の子供同士集まって、よくこの辺で遊んだよね」

二人は、あの坂道の下に来ていた。長い坂道のてっぺんに欅の木が根を下ろしている。その様子が遠目から見える。

「もちろん覚えてるよ。一度、夜にみんなで坂道を上ったよね。ろっこんしょうじょう、ろっこんしょうじょうって言いながら。とても星の綺麗《きれい》な夜だった。たしか妙ちゃんもいたよね」

「そんなこともあったような、なかったような。あんまり記憶に残ってないや」

妙子はおかしそうに続けた。

「六根清浄《ろっこんしょうじょう》って、昔は意味も分からずに言ってたな。なんとなくロッコン少女だと勘違いしてて、ロッコンちゃんってどんな子なんだろうって思ってた」

「私もよ。魔法の呪文みたいなものだと思ってた」

「そうよね。意味が分かったのなんて最近だもん」

二人の足は、自然と坂の上を目指していた。前屈みになって急な坂道を上る。

家々に遮《さえぎ》られていた空が、一歩進むごとに広くなっていく。日の沈みかけた空は、端から群青色に落ちかけている。雲の合間から見える、白い宵の明星が微かな清涼感を与えてくれた。

「夜に坂を上ったのはよく覚えてないけど、毎日お夕飯ができるまで遊び回ったのは楽しかったな。みんなでいっせいに坂を駆け下りて、誰が速いか競走したよね。私はいつもビリから2番目か3番目だった」

若干息を乱しながら、妙子はさなえに話しかけた。

「懐かしいわね。一番速いのは決まってシゲちゃんだった」

「坂の途中で転んで、鼻血を出したこともあったよね」

「シゲちゃんは大泣きするし、あの時はどうしようかと思ったわ」

「さんちゃんが慌てて大人を呼びに行ったよね。でも5分くらいしたらケロッと泣き止んで、また走り出したんだっけ」

「ふふっ、そうそう。シゲちゃん、今どうしてるのかしら」

さなえは懐かしそうに目を細めた。

妙子はさなえの言葉には答えず、息をついて言った。

「全部変わっちゃうんだね」

二人は坂のてっぺんに到着した。立派になった欅の木が、大きな影を作っている。その中に入ると空気の質が変わった。湿気と熱気のこもった、不快感の高い空気が、さらさらとした肌触りのいいものになる。

街は活発に働いている。工場の煙突はしきりに黒煙を吐き出し、駅には電車が停まる。人々は整備された道を忙しく歩き回る。点在する瓦屋根は太陽の光をいきいきと照り返している。

時は確実に流れ、あらゆるものの形を変えていた。

妙子と別れ、家に入ろうとした時さなえは名前を呼ばれた。その声の主は向かいに住むおばさんだった。名をキクという彼女は、近所の子供たちからおキクおばさんと呼ばれて親しまれている。

向かいの家の縁側に座ったおキクおばさんは、さなえを手招きしている。

さなえが近づくと、おキクおばさんは大皿に載ったすいかを見せた。

「一緒に食べないかい」

さなえは迷わずその誘いを受けた。

「はい!」

裏口から入って縁側に回る。向かいの家にはさなえと年の近い子供こそいないものの、昔から付き合いがあり、よく知った仲だった。

縁側の前の庭は観賞用の花と野草が入り交じり、雑然としている。力強い緑に、黄や白の花が顔を覗かせ目に眩しい。

その中でおキクおばさんはすいかを食べていた。さなえを発見すると、にっこりして軽く頭を下げる。さなえは笑うと目の無くなるおキクおばさんの顔が好きだった。

「どうぞ」

おキクおばさんの隣に座る。縁側が小さく軋《きし》んだ。

「いただきます」

すいかの隣には、塩の小ビンが用意されている。それには手を付けずに、さなえはすいかを口に運んだ。水分量の多いそれは、かじったところから汁が溢れて踏み石に垂れた。甘さと、若干の青臭さが口いっぱいに広がる。

「おいしい！」

すいかを頬張るさなえに、おキクおばさんは温かな眼差しを向ける。

「ちょうどさなえちゃんが通って助かったよ。どうしてもすいかが食べたくなって買って来たんだけど、一人じゃ無くならないもんだねえ」

数年前までこの家には六人の家族が住んでいた。おキクおばさん夫婦とその子供たちだ。しかし旦那は亡くなり、子供たちは家を出て、今はおキクおばさん一人が残されていた。

「子供たちがいた頃は、すいかなんてすぐに無くなっちゃったのよ。私のぶんはないくらい。だから一人でも食べきれるかなと思ったんだけど、全然ダメ」

大皿の上には八つ切りにされたすいかがまだ大量に載っている。

「ケンカが起こるのはしょっちゅうだったし、毎日ご飯を作るのに忙しかったけど、今じゃそんな時が懐かしく思えたりするよ」

おキクおばさんは後ろを振り返って縁側に続く部屋を眺めた。居間として使われている部屋で、ちゃぶ台や渋い色の茶簞笥《ちゃだんす》が置かれている。

おキクおばさんの横顔は、そこで家族が動き回り生活した日の影を見ているようだ。

「……あの、家で一緒にご飯食べますか？」

さなえは気遣わしげに言った。

「え？」

「みんなで食べた方が、さびしくないかもしれません」

おキクおばさんは一瞬、さなえの意図するところが分からないという表情を見せたがその発言を聞くと納得したように、ああと呟《つぶや》いた。

「私がさびしがってると思ってそう言ってくれたんだね。ありがとう。でも違うんだよ」

おキクおばさんが二切れ目のすいかに塩を振る。

「さびしくはないの。この家にはたくさんの思い出が染み付いているからね。この家にいる限り、私は一人でも一人じゃないんだよ」

おキクおばさんのすいかをかじる音が、耳に心地良く響く。

さなえも一口食べて、おキクおばさんの言葉と共に咀嚼《そしゃく》した。

「おキクおばさんにとって、このお家はとても大切なものなんですね。他のお家ではいけないんでしょう?」

「そりゃあ、家は一つの世界だもの。何にも代えられないわ。年を取ればとくにね」

「それなら、おキクおばさんも立ち退きに反対なんですか」

「心の中ではね。でも人生にはどうにもならないこともある。それに逆らおうとするには、もの凄い気の力が必要なんだよ。おばさんにはもうそんな力がないから、成り行きに身を任せるしかないわね」

さなえの頭に、今日説明会を行ったアオイデパート社員の顔がよぎる。さなえは彼の話にずっとモヤモヤしたものを感じていた。そして今、そのモヤモヤの正体が明らかになった。

「あの人は私たちに、利己的な心を捨てるようにと言いました。でも自分の生まれ育った場所を失いたくないっていう気持ちは、利己的なんでしょうか」

「むしろあっちの方が利己的だと思う?」

「もしかしたら……」

「どっちが正しくてどっちが間違ってるかなんて、誰にも分からない。そんなのは見方次第で変わることなの。誰にでも大切なものがあって、それを守るためには他を犠牲にしなくちゃいけない時もある。アオイデパートの人たちにとっては、私たちが邪魔な存在なんでしょう」

　さなえは素直に頷けなかった。おキクおばさんの言うことがアオイデパートのやり方を認める理由になるとは思えなかった。

「だからといって、私たちが譲歩する必要はないのよ。大切なものを奪われそうになったら全力で守る。生きるって、それの繰り返しだと思うわ。私は体も悪いし、そんな元気もないけど……」

　おキクおばさんは腰をさすりながら軽く座り直した。一人暮らしになってから、おキクおばさんはだんだんと動作がゆっくりになってきたようだ。

「私にできることがあったら、なんでも言ってくださいね。おばさんには小さい頃から良くしてもらいましたから、いつかお返しがしたいんです」

　おキクおばさんはまた目の無くなる笑顔を浮かべた。

「さなえちゃんは優しいね。でもお返しをしなくちゃいけないのは私の方だよ」

　さなえはおキクおばさんに、目で疑問符を送った。おキクおばさんが自分の何に対してお返しをする必要があるのか分からなかった。

「元気がないなんて言ったけど、それはただの言い訳かもしれない。私はこの家よりもっと大切なものがあるから、この家を失うことが本当はそれほど怖くないのかも」

「もっと大切なもの？」

「そう。それはさなえちゃんや妙子ちゃん、シゲちゃん、街の子供たちよ。なぜだろうね、赤ん坊の頃から知ってる子が成長していく姿は、私をとても幸せな気持ちにしてくれるの。だからお返しをするのはこっちの方。さなえちゃんたちには絶対幸せになってほしいと思うし、悪い出来事があったら私まで落ち込んでしまうよ。血は繋がっていなくても、実の子供と同じくらい、可愛いものさ」

おキクおばさんは皮だけになったさなえのすいかを受け取り、大皿の端に置いた。汁の落ちた踏み石の上に蟻《あり》が集まって来ている。細かい動きで赤い染みの周りを行ったり来たりする蟻は、何かを話し合っているように見える。さなえは蟻を踏み潰してしまわないように、足を踏み石の隅に寄せた。

「さなえちゃんの一番大切なものは何かしらね」

そう問いかけるおキクおばさんの声は、さなえの耳から入り心の中にまで染み込んでいった。

数日後、さなえは自室に寝そべっていた。長時間板張りの天井を眺めていたせいで、木目がぞろぞろ蠢《うごめ》いて見える。幼い頃はこの木目が黒い虫のようで怖かった。父にそう泣きつくと、そのたび父は背の高い椅子に上って天井を触り、なんでもないよと言ってくれた。

背中が痛くなってきて、さなえは体ごと横を向いた。いぐさの匂いが鼻を掠《かす》める。畳は青々としていて、掃き清められている。

室内はきちんと整頓《せいとん》されていた。机の上には教科書や雑記帳、様々な文房具類が置いてあるが、皆あるべき場所に揃《そろ》えられているためごちゃついた印象はない。勤勉な性格のさなえは、学校から帰って来るとまず机に向かって宿題を済ませるのが習慣だった。

机の一番手の届きやすいところには、鉛筆を入れておくための缶がある。髪の短い、外国の女の子が描かれている缶だ。それは父が仕事の関係の人からもらったもので、最初は中に外国のお菓子が入っていた。

父は缶に描かれた女の子とさなえを見比べて、似てるなあと繰り返し言ったものだった。とても可愛らしく描かれた女の子に似てると言われるのが嬉しい反面、照れくさくて、さなえはいつも似てないよと返した。

さなえの部屋一つ取っても、父との思い出はたくさんある。この家にいる限り、父の影を追い続けることができる。

いつの頃からか、さなえは父の顔が思い出せなくなった。だからこそ余計に、この家を失ってはいけないような気がした。思い出の詰まった家をなくしてしまったら、父の影はどんどん遠く霞《かす》んでいき、最後には消えてしまうかもしれない。

そうなったら父は、さなえの元に帰って来られなくなるだろう。けれどこの家で待ち続けていれば、いつかひょっこり姿を現すように思える。

――さなえちゃんの一番大切なものは何かしらね。

おキクおばさんの問いの答えを、さなえは数日間探していた。

そしてその問いを口の中で反芻《はんすう》した時、必ず頭に浮かんで来るのは父の背中だった。父に帰って来てほしいというのは、さなえが抱える様々な思いの中で最も確かなものだ。

それを自覚すると同時に、この家を手放したくない気持ちも強く湧き上がって来るのだった。家を壊せば父が帰って来られなくなるという思い込みに、さなえは支配されていたからだ。むしろ、ここで待っていればきっと父は帰って来ると信じることで、さなえは自分自身に希望を与えようとしているのかもしれない。とっくに帰って来てもいい頃なのに、便りの一つもない。この状況が示すものを正面から受け入れられるほど、さなえは大人ではなかった。

「こんにちはー、回覧板です」

玄関から声がする。母がそれに応え、廊下を早足で歩く音が聞こえた。

さなえは起き上がって空を眺めた。澄んだ空に入道雲が胸を張っている。濃い青と白の対比が鮮やかだ。

風がないので風鈴は鳴らない。代わりに庭のそこかしこでセミの声が鳴り響く。夜になれば虫の声はより存在感を増し、雨戸を楽々通り抜けてくる。

さなえは引き出しからカードコミューンを取って、手のひらに収めた。父からもらった不思議なお守りに語りかける。

「私にとって一番大切なのは、お父さんとの思い出。私はここでお父さんを待っていればいいんだよね……？」

しばらくの間待ってもコミューンの反応はない。やはりお守りが喋るなんて気のせいなのだろうかと思い、引き出しに戻そうとする。

その時、あの優しい声が言った。

「思い出はたしかに大切だミポ。でも本当に大切なことは他にあるミポ……」

お守りの声はさなえの体の内側に響いた。

それは絶対に空耳などではなかった。たしかにさなえに対して語り掛けてきた。

さなえは確信を持ってコミューンに口を近づけた。

「あなたは誰なの？　どうして話せるの？　この中に住んでいるの？」

さなえは矢継ぎ早に質問をぶつける。

「どうして私以外には声が聞こえないの？　この蓋はどうしたら開くの？」

しかしコミューンは質問に一つも答えようとしない。最初に一言喋ったきり、押し黙ってしまった。

さなえはコミューンに耳を当ててみた。何も聞こえない。指でそっと叩いてみても、固い音が返って来るだけだ。

さなえは諦められず、なおもコミューンに話しかけた。

「思い出よりも大切なものって何……？」

すると思いがけない方向から聞き覚えのある声が飛んできた。

「さんちゃん、何やってるの？」

さなえは驚きのあまり飛び上がった。とっさにコミューンを背中の後ろに隠し、声のした方に顔を向ける。

廊下にいたのは妙子だった。妙子は不審そうにさなえを見つめている。

「なんでそんなに驚くの」

「なっ、なんでもないの！　ちょっとぼうっとしてたから、びっくりしただけ」

「誰かと話してるみたいだったけど？」

「はな……話してないよ！　ただの独り言。聞かれちゃって恥ずかしいな」

さなえは必死で言い繕った。心臓は激しく脈を打ち、耳の中がどくどく鳴っている。

妙子は慌てふためくさなえを訝《いぶか》しむ表情を見せたが、まあいいかと呟いて部屋に入った。

「おばさんに上げてもらったの。さんちゃんに話しておきたいことがあって」

妙子は改まった様子でさなえの前に正座した。つられてさなえも居住まいを正す。妙子の丸い目がさなえを射る。

妙子はなかなか言葉を発しようとしなかった。覚悟を決めたように口を開いては、またすぐに閉じてしまう。それの繰り返しだ。さなえは先日の説明会の後も妙子が何かを言いかけ、やめていたことを思い出した。そんなにも言いにくいことなのだろうか。さなえは緊張して拳に力を入れた。

「あのね」

妙子はためらいつつ第一声を発した。

「昔、私と近所の子何人かがさんちゃんちに泊まりに来たことがあったでしょ」

「ええ」

「その時、私は手土産にチョコレートを持って来たよね」

「そうだったわね」

「あの頃はチョコレートなんてなかなか食べられなかったから、みんな楽しみにしてた。さんちゃんも楽しみにしてたよね」

さなえは首肯《しゅこう》した。この話が何に繋がるのだろうか。

「でもいざ食べようと思ったら、数が足りなかった。それで年長だったさんちゃんが我慢した」

「そうだったかしら」

「……ごめんっ。あれ食べたのは私だったの。最初はちゃんと人数ぶんあったんだけど、お手洗いに行った時、台所にあったのを食べちゃったの……」

妙子は頭を下げた。頭のてっぺんにある髪の分け目が白い地肌を覗かせている。

さなえは沈黙した。セミの鳴き声が、急に大きくなったかのようだ。母が回覧板を受け取り、玄関を閉める音が聞こえる。

一筋の汗がさなえの背中を伝った。

「……え？　まさか、それだけ？」

さなえは唖然《あぜん》として言った。

「あ、怒ってない？」

妙子は頭を上げた。茶目っ気のある笑みが口元に現れている。

「怒ってないなら良かった。いつ言おういつ言おうと思って、ずっと気持ち悪かったのよね。だからついでに言っちゃおうと思ってさ」

「怒ってないわよ。というか、そんなこと忘れてたわ」

「なあんだ。じゃあ損しちゃった」

妙子は調子よく言った。

「すっきりしたところで本題に入ろうかな。この前、酒田のおじさんが怖い人たちに襲われたって話はしたわよね」

「立ち退きを強く拒否していたからよね」

さなえの緊張は消えた。珍しく深刻そうな顔をするから何を言い出すかと思えば、お菓子をつまみ食いしたことに対する懺悔《ざんげ》だ。本題というのもそれほど大変な話ではないのだろう。

そう思い、さなえは体の力を抜いた。

「その中にバットを持った男の子がいたんだって。で、その子がシゲちゃんそっくりだったらしいの」

妙子は指先でせわしなくスカートをいじっている。視線を畳の上に這《は》わせ、妙子はさなえを見ないまま続ける。

「ほら、シゲちゃん途中で学校やめちゃったじゃない。どこかに就職したのかと思ってたけど、最近悪そうな人たちと一緒にいるところを見たっていう噂をよく聞くようになったの。そしたら酒田のおじさんの事件でしょ。多分、シゲちゃんに間違いないと思うんだ。他にも立ち退きに反対していた人が何人か脅されてるんだけど、そこにもシゲちゃんらしき人物がいたって」

さなえの目の奥で、あの日の光景が蘇《よみがえ》った。

手を傷だらけにし、瓦礫の中から野球のボールを探し出そうとしていたシゲ。ボクのボール無くなっちゃったと呟く弱々しい姿。

坂道の上で流れ星を発見したのはシゲだった。さなえはシゲに言われて夜空を見上げ、それが以前と変わらないことに気付いたのだった。

「うそ……」

シゲは誰よりも足が速く、翼の生えたようなボールを打てた。将来は野球選手になりたいと言っていた。そのシゲが幼い頃から見知っている酒田のおじさんを襲ったなど、とても信じられなかった。

「どうしてだろうね。どうしてみんな変わっちゃうんだろう」

妙子は涙の滲《にじ》んだ声を漏らした。

おキクおばさんは思い出の詰まった家よりも、さなえたち街の子供の方がもっと大切だと言った。赤ん坊の頃から知っている皆には、絶対に幸せになってほしいと。

その言葉はさなえにとって、実感を伴わないものだった。街の子供たちはそこにいるのが当たり前で、みんな正しく大人になっていくのだろうとぼんやり思っていた。

けれど、それは間違いだった。父の不在ばかりに気を取られ、自分が今持っているものの大切さに気付かなかった。

さなえは苦しくなって胸を押さえた。

「確かめに行きましょう」

さなえは決意の表情で告げた。

「確かめにって、どこへ？」

「シゲちゃんのお家よ。ここで話していても酒田のおじさんを襲ったり、他の人を脅したのが本当にシゲちゃんなのか分からない。お家に行って、直接シゲちゃんと話しましょう」

妙子は怖じ気づいた様子で言葉を詰まらせた。

「でも……もし本当だったらどうするの。私たちまで怖い目に遭うかもしれない」

「気が進まないなら、私一人で行く」

さなえはそう言うと、さっさと立ち上がり廊下へ出てしまった。こうなったさなえは誰にも止められないことを、妙子はよく知っていた。

「ああもう！　私も一緒に行くわよ！」

妙子はヤケになって叫び、さなえの後を追った。


空き地はたくさんの人々で溢れていた。

多くが10代の男女で、手には偽のハッピーガッパーを持っている。志穂や莉奈以外にも、桜組のクラスメートやベローネ学院内で見たことのある顔がちらほら見受けられた。

みんな一様に虚空を見つめ、両腕をだらりと垂らしている。脱力した体で口を噤《つぐ》み、呆《ぼう》然《ぜん》と立ちすくむ。

1ヵ所に大勢の人が集まっているというのに、場は不自然なほど静まり返っている。志穂を追って来たなぎさとほのかは、異様な雰囲気の中に足を踏み入れた。

「いらっしゃい。ようやく来たのね」

なぎさとほのかを出迎えるように女の声が言った。やや低めなその声の主は、余裕の表情で二人を見下ろしている。

二人は空き地の中央に積まれている鉄材の上に立ったポイズニーを睨み返した。

「みんながおかしくなったのはあんたの仕業《しわざ》ね!?　一体何をするつもりなの!?」

なぎさが激しい剣幕《けんまく》で問い詰める。しかしポイズニーはまるで動じず、口角を上げた。

「酷《ひど》いことはしないから大丈夫。この子たちのエネルギーをちょっと分けてもらうだけ」

ポイズニーは右手を掲げ指を鳴らした。すると偽のハッピーガッパーに宿っていたザケンナーが飛び出し、ポイズニーに向かっていく。ザケンナーたちは虹色に輝く光の玉を抱えていた。ゴルフボール大のそれをポイズニーの手のひらの上に次々運んでいく。

あっという間に光の玉はポイズニーの手の上で集約された。ゴルフボールほどの大きさだったそれは、一つに集まったことにより、ポイズニーの手から溢《あふ》れんばかりに大きくなっている。

ポイズニーは満足そうに玉の輝きを眺めた。

ザケンナーが光の玉と共に偽ハッピーガッパーから抜け出すと、空き地に立ちすくんでいた者全員がその場に倒れた。それまで体を操っていた糸がぷつんと切れたように、地面に横たわる。

「志穂！」

「高清水さん！」

二人はそれぞれ志穂と莉奈に駆け寄り、体を揺さぶった。反応はなく、まぶたも閉じられている。完全に意識を失っているようだ。

ほのかは怒りを露に立ち上がった。

「許せない……。みんなにこんなことをするなんて……」

なぎさも固く拳を握って立ち上がる。

「志穂や莉奈たちまで巻き込むなんて……アンタは絶対に許せない！　ちょっかい出すのはわたしたちだけにしなさいよ！」

「許せない？　だったらどうするって言うの」

ポイズニーは嘲笑うような口調で二人を挑発した。

「決まってんでしょ！　アンタをやっつけるだけよ！」

なぎさとほのかはポーチからコミューンを取り出した。クイーンのカードをスラッシュする。

「デュアル・オーロラ・ウェイブ！」

声を揃《そろ》えて叫び、手を握り合う。眩しい光が巻き上がり、その中で二人は光の使者プリキュアへと変身を遂げた。

「光の使者　キュアブラック！」

「光の使者　キュアホワイト！」

黒と白の衣装、そして超人的なパワーが二人を包む。

「ふたりはプリキュア！」

ブラックとホワイトは強い意志を秘めた眼差しでポイズニーを指差した。

「闇の力のしもべたちよ！」

「とっととおうちに帰りなさい！」

真正面からそう言われ、ポイズニーは小さく舌打ちする。

「毎回毎回自己紹介してくれなくたって、分かってるっつうの」

しかしすぐに気を取り直した様子で、先ほどまでの挑発的な笑みを浮かべた。

「まあいいわ。相手してあげる。ただし、この子たちを倒せたらね」

長い髪を後ろに流し、ポイズニーは再び指を鳴らした。するとそれまで空中を漂っていたザケンナーたちが、空き地に横たわっている人々めがけて動き出した。

志穂や莉奈、空き地にいる者全員がザケンナーに乗り移られる。彼らはいっせいにまぶたを開けた。ゆっくりと起き上がり、何も映さない瞳でブラックとホワイトを捉《とら》える。

ポイズニーの立っている鉄材を数人が取り囲み、厚い壁を作る。残りの者はブラックとホワイトに向けて攻撃を開始した。

360度あちこちから数え切れないほどの拳や蹴りが飛んで来る。あまりスピードに乗っていないそれらの攻撃に、大きな破壊力はない。しかし相手になるのは大変だった。数が違いすぎるし、みんなにケガを負わせるわけにはいかない。下手に攻撃を避けてしまえば、向こうが転んだりぶつかり合ってしまう可能性がある。そのためブラックとホワイトは相手を気遣いつつ、攻撃を受け流さなければいけなかった。

ブラックは断続的に繰り出される攻撃を、両の手のひらで受け止めていく。

「お願いやめて！　あなたたちがケガしちゃう！」

三人が同時にブラックへ体当たりを仕掛けて来る。ブラックは相手にケガをさせないよう、あえて攻撃をかわさずに両腕を広げて三人を受け止めようとする。しかし力の入れ加減が今一つ摑めない。案の定勢いに負け、ブラックは体当たりをしてきた三人共々倒れこんでしまった。

「ブラック！」

ホワイトは行く手を遮る何十本もの腕をかいくぐり、ブラックの元へ駆け寄った。

手を差し伸べ、ブラックを引き起こす。

「大丈夫？」

「うん。でもどうしよう。このままじゃアイツに近づけないよ」

たくさんの人が壁になり、身を挺《てい》してポイズニーを守っている。まともに近づこうとすれば、彼らは全力でブラックとホワイトを止めにかかるだろう。

2メートルほど積み上げられた鉄材の上に立つポイズニーは、文字通り高みの見物を決め込んでいるようだ。

「方法は一つしかないわ。正面突破が無理なら、上から行けばいい」

ホワイトはそう言って高くジャンプした。ブラックもそれに続いて舞い上がる。

ザケンナーに憑依《ひょうい》されていても、人々には普通の身体能力しかない。二人のジャンプを止められる者はいなかった。

「はあーッ！」

ブラックとホワイトは片足を突き出し、ポイズニーへ一直線に向かっていく。ポイズニーは逃げようとしない。その顔にはまだ余裕の色がありありと浮かんでいる。

二人の蹴りがポイズニーに届くより早く、志穂が鉄材の上に登ってきた。志穂は無表情のまま、ポイズニーの前に立ちはだかる。

「危ない！」

ブラックとホワイトはギリギリのところで志穂を避けた。空中で体勢が崩れ、地面に激突する。固く踏みしめられた地面に体を叩きつけられた二人は、頭の中を揺さぶられているような感覚に襲われた。服が汚れ、泥の臭いに鼻腔《びくう》が満たされる。

「なんて卑怯《ひきょう》なの……!?」

ブラックはふらつきながらも片膝をついて立ち上がろうとした。すると背後に回っていた者が二人がかりでブラックを拘束する。ブラックはそれから逃れようとするが、相手も渾身《こんしん》の力でしがみついてくる。

もみ合っているうちに、鉄くずを持った少女がブラックの前に歩み出た。少女はブラックに鉄くずを振り上げる。ヒュッという音がして、ブラックは思わず目をつむった。

覚悟した衝撃は、いつまで待っても訪れなかった。恐る恐る目を開ける。そこにあったのは、鉄くずを持った少女の腕を押さえつけるホワイトの姿だった。ホワイトは少女から凶器を奪い、人のいない方へ投げた。

「ありがとう、ホワイト」

ブラックはどうにか拘束から逃れ、ホワイトと背中合わせに立った。

「つくづくお人好しね。そいつらが邪魔ならさっさと片付けちゃえば？」

ポイズニーはおもしろがるような調子で言う。

「私はあなたの思い通りになんてならない。絶対にみんなを傷つけたりなんかしない！」

ホワイトは毅然《きぜん》としてポイズニーに言い返した。

「みんなを傷つけるくらいなら、傷つけられる方がよっぽど楽よ。あんたにも、これ以上みんなに手出しはさせない！」

ブラックもホワイトと意見を同じくする。

「たしかにこの子たちの中には、アンタらのお友達もいるかもしれない。だけどほとんどは名前も知らない連中でしょ。そんなヤツらどうだっていいじゃない」

それに答えたのはホワイトだった。

「相手が誰だろうと関係ないわ。人が傷つけられるのを黙って見ていられないだけよ！」

「その生ぬるい考え方がいつまでもつか見物だわ。やれ！」

ポイズニーに命じられてみんなは二人を囲んだ。誰もが手に石や木の棒など、何かしら武器になり得るものを持っている。二人を囲む円はじわじわ小さくなっていき、距離を詰めていく。一人一人の攻撃力は弱くとも、武器を持ったこの人数を相手にするのは簡単なことではない。

ブラックとホワイトは合わさった背中から互いの緊張を感じ取る。そこでメップルが言った。

「レインボー・セラピーで行くメポ！」

「それだ！」

ブラックは右手を、ホワイトは左手を突き上げ、声高く叫んだ。

「ブラックパルサー！」

「ホワイトパルサー！」

輪の形をした黒い光が幾重にも折り重なって二人を包む。直後、黒い輪と輪の間に白い光の輪が入り込み、それは大きな球体となる。

赤、青、黄、紫と様々な色に輝く球体の中で、ホワイトは言った。

「闇の呪縛《じゅばく》に捕らわれし者たちよ」

ブラックも静かな口調でそれに続く。

「今、その鎖を断ち切らん！」

ブラックとホワイトはきつく手を繋《つな》いだ。

「プリキュア・レインボー・セラピー！」

二人を覆っていた光は四方八方に飛び散り、ザケンナーに操られている人々に降り注いだ。たちまち乗り移っていた人々から無数のザケンナーが飛び出した。断末魔の叫び声があがる。

弱体化したザケンナーは小さい星形のゴメンナーとなった。攻撃的なザケンナーから一転、すっかり気弱な顔になったゴメンナーはすごすごと退散して行く。

「ゴメンナー、ゴメンナゴメンナー」

ザケンナーに乗り移られていた人々は力を失って倒れた。ポイズニーを守っていた、人の壁も崩れ落ちる。二人とポイズニーの間を阻むものは、もう何もない。

「何も知らない人たちを巻き込むなんて、二度とさせないんだから！」

ブラックは勢いよくポイズニーに向かってダッシュした。一気に距離を詰め、ダッシュの勢いを拳に込める。スピードに乗った一撃は、ポイズニーの腹へ繰り出された。しかしそれが届く寸前でポイズニーは身をかわした。

ブラックは怯《ひる》まずに攻撃を出し続けた。右、左、右。交互に正拳を放つ。

「はっ！　ふンっ！　ハァッ！」

ポイズニーは手に光の玉を持ったまま、的確に攻撃を避ける。ブラックの動きを完全に読み切っているようだ。

ブラックは顎《あご》を狙ったアッパーで注意を引き、鋭い蹴りを放った。が、それも簡単にかわされてしまう。ポイズニーは後方へジャンプしてブラックを笑った。

「単純な性格が攻撃にも出てるわよ。その程度のフェイントでアタシを騙《だま》せるとでも思った？」

「おあいにく様！　わたしは単純でも、もう一人は違うのよ！」

ポイズニーは背後に気配を感じた。首を捻って後ろを見る。視界に広がったのは、レースの付いた白のワンピースだった。

「ハッ！」

ホワイトの蹴りがポイズニーにヒットする。ポイズニーはとっさに腕でガードしたが、衝撃を受け止めきれず地面へ吹っ飛ばされた。

「いや、ホワイトも結構単純なとこあるかな」

「今はそんなこと言ってる場合じゃないでしょ！」

もうもうと土煙が上がる。その中にポイズニーのシルエットが浮かび上がった。

「あーあ、ちょっとムカついちゃった」

土煙が晴れると、怒気の滲《にじ》んだポイズニーの顔が現れる。乱れた長い髪をかきあげ、ポイズニーは天に呼びかけた。

「来るのだ、ザケンナー！」

空き地の上空を覆っている黒雲から一筋の闇が墜ちる。闇は鉄材に流れ込んだ。ただの鉄の塊だったそれが、意志を持って動き始める。細長い形の鉄材が舞い上がり、胴体、腕、足を形成していく。灰色のもやが体のてっぺんで丸く固まり、頭の代わりを成す。その中央で二つの赤い目が開かれた。

巨大な鉄人間が、空気を震わせて咆哮《ほうこう》する。

「ザケンナー！」

ポイズニーは鉄人間の陰に隠れて言った。

「悪いけど、アタシは届けものをしに行かなくちゃいけないの。代わりにコイツが相手をしてあげる」

「待ちなさい！」

ホワイトは、光の玉を持ったままどこかへ去っていこうとするポイズニーを追いかけた。しかし鉄人間に腕を振り下ろされ、空き地を囲っているブロック塀に叩きつけられてしまう。

「きゃあっ」

ブロック塀は崩れ、耳障りな音を立てる。

「ホワイト！」

ブラックがホワイトに駆け寄ろうとすると、今度はブラックを標的に鉄人間の腕が振り上げられる。ブラックはモーションの大きいその動きを本能的に読み取り、攻撃の届かないギリギリのところへ逃げた。

「ホワイト、大丈夫⁉」

遠くからホワイトに声をかける。ホワイトは崩れたブロック塀の中から起き上がり、頬を拭《ぬぐ》った。

「ええ！」

二人は目で合図をし、同時に飛び上がった。ブラックは拳を、ホワイトは足を突き出して鉄人間に飛びかかっていく。

二人の攻撃が、ガードをしていない状態の鉄人間に入った。

「うっ⁉」

「――っ！」

痛みに顔を歪めたのは、ブラックとホワイトの方だった。ブラックは鉄人間に攻撃をくらわせた方の拳を抱えて転げ回る。

「イッッタア！　何これ⁉　腕がビリビリする！」

ホワイトも足を抱え込み、体を震わせている。

「相手は鉄の塊……。生半可な攻撃じゃ太刀打ちできないようね」

鉄人間は二人を狙って、容赦なく拳を振り下ろしまくる。狙いは粗く、スピードもそれほどないが、破壊力はとんでもなく大きい。鉄人間が拳を振り下ろし、それを二人が避けるたびに地面が揺れる。一発でもくらったらただでは済まなそうだ。

ブラックとホワイトは鉄人間の動きをよく見て、的確にかわしていく。しかし気を失っているみんなにはそれができない。一刻も早く鉄人間を止めなければ、犠牲者が出るのも時間の問題だった。

「だから、みんなを巻き込むなって言ってるでしょ⁉」

ブラックはそう言って鉄人間の足元に入り込んだ。鉄人間はブラックを叩こうとしたが、体が硬いのか自分の足元に手を伸ばすことができない。鉄人間の体勢が崩れかける。

ブラックはそれを見逃さず、鉄人間の足にしがみついた。

ホワイトも来て、もう片方の足を揺さぶる。

「ザケンナー、ザケンナー！」

体勢が崩れたところで足を持ち上げられ、鉄人間の体は大きく傾いた。二人は人のいない方へ向けて、鉄人間をひっくり返す。

激しい地響きと共に鉄人間はしりもちをついた。急いで体勢を整えようとするものの、重く巨大な体はなかなか起き上がれない。

「今よ！」

ブラックの言葉にホワイトが頷く。

「ブラックサンダー！」

「ホワイトサンダー！」

天から黒と白の稲妻が二人の元へ落ちて来る。

「プリキュアの美しき魂が」

「邪悪な心を打ち砕く！」

ブラックとホワイトの手が重なった。

「プリキュア・マーブル・スクリュー！」

黒と白の稲妻が混ざり合い、一つの強力なエネルギーとなる。それは鉄人間にまっすぐ飛んでいった。そのまま少しのずれもなく、鉄人間に直撃する。

「ザケンナー！」

ザケンナーは苦しげに叫んで飛び出し、再びゴメンナーへと姿を変えた。

灰色の鉄人間はただの鉄材へと戻った。

頭上の黒雲が晴れていく。

穏やかに輝く月とまばらな星、紺色の夜空が現れて、勝負の終わりを告げた。

ポイズニーはとっくにいなくなっていた。後に残ったのは散らかった鉄材と、目をつむったままの人々だけ。二人は隣り合って倒れている志穂と莉奈の元へ寄った。

「目を覚《さ》まさないけど、大丈夫なのかな」

ブラックが心配そうに志穂の顔を覗き込む。志穂の胸は規則正しく上下している。表情も、お見舞いに行った時よりも穏やかだが、起きる気配はない。

「彼女がみんなから奪ったあの光はなんだったのかしら」

「まさか、魂なんてことないよね⁉」

ブラックは志穂と莉奈の肩を交互に摑んで懸命に話しかけた。

「志穂、莉奈、起きて！　もう目覚めないなんてやだよ」

しかし反応は返って来ない。微動だにしないまぶたは、この先ずっと開くことがないように思えた。

ブラックは呆然《ぼうぜん》とした面持ちで二人の肩を放した。スカートの裾《すそ》を摑む指が震えている。

「……わたし、今まで気付かなかった。志穂や莉奈がどんなに大切な存在か……。きっとわたしはみんながいるからここまでやって来れたんだね。みんながいなかったら、今頃アイツらにやられてた。そばにいてくれるのが当たり前だったけど、わたしにとって一番大切なのは普通の毎日を作ってくれるみんなだったんだ……」

ブラックの目に涙が浮かぶ。視界が白く滲《にじ》み、志穂と莉奈の顔がぼやけていく。

一方ホワイトは志穂の首筋に指を当て、脈を確かめていた。注意深く二人の様子を観察している。

「大丈夫……？」

ブラックはホワイトを見た。

「ええ、意識が戻りかけてる」

「本当⁉」

「見て。久保田さんが何か言ってる」

ブラックは涙を拭いて志穂に目を遣る。ぼやけた視界では分からなかったが、たしかに志穂の唇は動いていた。

ブラックは志穂の口に耳を近づけた。

「蚊が━……アマゾン蚊が襲ってくる……」

志穂はそう呟いて寝返りを打った。唇がよだれで微かに光っている。

「心配しなくていいメポ。ヤツが奪って行ったのは、人間の体に流れているエネルギーのようなものメポ。一時的に消耗しても、すぐに回復するメポ」

ブラックの腰に付いているポーチからメップルが出て来て言った。

ブラックは大きく目を見開き、それから思いきり脱力した。両手を地に突き、かろうじて体を支える。

「よ、良かったあ━……。っていうか、分かってるならさっさと言いなさいよ！」

「ブラックが早とちりなだけメポ」

「もう。マジで寿命縮《じゅみょうちぢ》まった」

「能天気な人ほど寿命が長いというメポ。ブラックの場合、少しくらい縮まっても充分長いメポ」

「そういう余計なことはすかさず言うのよね」

ブラックはメップルと言い合う中で、いつもの調子を取り戻していく。

ホワイトも表情をゆるませて、莉奈の顔に付いていた汚れを拭いた。莉奈は小さなうめき声を漏らす。

「みんなが目を覚ます前に、早くここを去った方がいいミポ」

ミップルがホワイトに言った。

「そうね。行きましょう、ブラック」

「うん！」

二人は空き地から出て行った。

莉奈がホワイトに触れられた頬を掻《か》き、まぶたを開けたのは、それから数分後のことだった。莉奈は寝ぼけ眼であたりを見回す。最初半分に閉じられていた目は徐々に大きくなり、やがて驚愕の表情が浮かんだ。

「え？　え？　ここどこ？　一体何が起こったの⁉」

パジャマのまま空き地に寝転がっていた自分、隣にいる志穂、そして倒れて眠りこけているたくさんの人々。訳の分からない状況に、莉奈は頭を抱えた。


ドックゾーンには、いつにも増して苦しげなジャアクキングの喘《あえ》ぎが満ちていた。どんな獣《けもの》の唸《うな》り声よりも低い、地の底から溢《あふ》れ出たような喘ぎは、空気を振動させ相対する者の感情をも揺さぶる。

ポイズニーとキリヤは萎縮《いしゅく》した表情でジャアクキングの前に立っている。ジャアクキングの前と言っても、その距離はかなり遠い。普通の人間同士なら、大声を出さないと話ができないくらいだ。そんな距離を保っていても、巨大なジャアクキングはすぐ目の前にいるかのような威圧感を与える。

「プリズムストーンを寄越せ……。プリズムストーンを手にしない限り、この苦しみから逃れられない……」

ポイズニーとキリヤから少し離れたところに佇《たたず》んでいるイルクーボが言う。

「慎重に言葉を選べ。すべてを喰らい尽くす力は、ジャアクキング様をも蝕《むしば》もうとする。ジャアクキング様は、とても危ういバランスをギリギリのところで保っておられるのだ。その苦しみは並々ならぬものだろう。意にそわないことを言えば、今のジャアクキング様はお前たちを消してしまうかもしれん」

「分かってるわよ。アンタに言われたものはちゃんと用意して来た」

ポイズニーはジャアクキングに向き直り、強張った口を開く。

「申し訳ありません。今回プリズムストーンの奪取は叶《かな》いませんでしたが、次こそ必ずお持ちします」

ジャアクキングのうめきが一層大きくなる。

「しかし、プリズムストーンに代わるものをお持ちしました。虹の園には光と闇、どちらの力も存在しています。そのパワーはきっとジャアクキング様のお苦しみを和らげるでしょう」

ポイズニーは虹の園で得た光の玉をジャアクキングに差し出した。

光の玉はひとりでにポイズニーの手から浮かび上がり、ジャアクキングの方へ飛んでいく。ジャアクキングに土産を受け取ってもらえ、ポイズニーは安堵《あんど》の表情を見せた。

「あれを用意しておいて正解だったね」

そう言うキリヤを、ポイズニーは軽く睨《にら》んだ。

「他人ごとみたいに言ってる場合？　次こそはアンタにも戦ってもらうから」

光の玉がジャアクキングに呑み込まれる。ジャアクキングの体を形作る闇が蠢《うごめ》き、輪郭が揺れる。ジャアクキングは動揺した声を出した。

「これは……!?」

ジャアクキングは自らの手を見る。その体全体が沸騰した湯のように痙攣《けいれん》を始めた。

「う……っ、ぐうっ……」

何かがおかしい。ポイズニーとキリヤはジャアクキングの変化に気付き、一歩退いた。

「ジャアクキング様、どうされましたか」

ポイズニーがおずおずと尋ねた。ジャアクキングはポイズニーの言葉など耳に入っていない様子でうめき続ける。そのうめきはこれまでと種類の違うものだった。これまでは絶え間なく続く苦痛への、ため息のようなうめきだった。しかし今は、込み上げて来る何かを必死で抑えようとしているかのような声だ。

「まずい。二人とも、ここから離れるんだ」

イルクーボはジャアクキングから逃げるように駆け出した。キリヤとポイズニーもわけが分からぬままイルクーボの後を追う。

かなりの距離を走り、ジャアクキングの姿が親指の先ほどに小さくなった頃、イルクーボは止まった。さらに用心して大岩の裏側に身を潜める。

「ここまで来れば問題ないと思うが……」

イルクーボはそっと首から上だけを岩陰から出してジャアクキングの方を振り返った。

「一体どうしたって言うんだよ」

キリヤの呟きにイルクーボは答えようとした。が、イルクーボが口を開くよりも早く、凄まじい雄叫びが三人の耳を貫いた。それは遥か遠くのジャアクキングから発せられるとは思えないほど、太く強烈なものだった。

三人は肌を突き刺されるような感覚に襲われ、身をすくませた。

雄叫びと共に、ジャアクキングの体から幾筋もの闇が放たれた。闇は手当たり次第に、崖や岩、呑み込まれた他の世界の残骸《ざんがい》を破壊していく。ぐらぐらと地面が揺れ、立っているのもやっとだ。

頭上に崩れた土砂が降って来て、三人は飛び退いた。

天変地異。まさにそんな光景だった。ジャアクキングからとめどなく溢《あふ》れる闇はドックゾーンの中でのたうち回り、周りにあるものを見境なく壊していく。ドックゾーンを飛び出し、どこか他の世界へ降り注いで行こうとするものもあった。

「これは⁉　何が起こってるの⁉」

　普段は冷静なポイズニーも動揺を露にし、あわただしく周囲を見回す。

「ジャアクキング様は、闇のすべてを喰らい尽くす力と、自分自身をも蝕もうとする力の微妙なバランスを保ち続けて来た。だが虹の園のエネルギーが起爆剤となり、それに触発されて闇の力が暴走してしまったのだ。今、ジャアクキング様はご自身の意志とは関係なしに、これまで抑えてきた闇の力をフルパワーで放出している」

「このままだとどうなる？」

　キリヤは揺れる地面を踏みしめ、どうにか体勢を保っている。

　ジャアクキングの雄叫びはまだ続き、闇は溢れ続ける。

「闇の力が暴走状態にあるということは、ジャアクキング様を蝕もうとする力もこれまでより強く働いているはず。ジャアクキング様自身が闇に呑み込まれてしまえば、ドックゾーンは消滅するしかない」

　イルクーボは淡々と説明する。キリヤやポイズニーよりも早く、彼の表情は落ち着きを取り戻していた。

「この暴走はドックゾーンにとって極めて危険だ。暴走を止められるのはプリズムストーンしかないだろう。一刻も早くプリズムストーンを奪うしか策はない」

「結局やることは一緒ってことね」

ポイズニーが言い、イルクーボはそれを肯定する。

「ああ。恐らく闇の力の暴走は、周りの世界にも影響を与えているだろう。もちろん虹の園にも。混乱に乗じれば、プリズムストーンを奪取できる可能性は上がる」

ついさっきまで三人の盾となっていた巨岩に、ジャアクキングから放出された闇がぶつかる。岩は砕け散り、三人の間を飛んで行った。

「キリヤ」

イルクーボはキリヤを名指して言った。

「お前はろくにプリズムストーンを奪おうともせず、呑気《のんき》に過ごしていたようだな。考えあっての行動と思い認めて来たが、状況は変わった。もう勝手な行動は許されない」

キリヤは黙ったままイルクーボを見返す。その瞳に葛藤《かっとう》が宿るのをイルクーボは見逃さなかった。

「どうしたキリヤ。まさかヤツらと同じ時間を過ごすうちに情でも湧《わ》いたか」

「……そんなわけないだろ。イルクーボも姉さんと同じこと言うんだね」

キリヤの瞳から葛藤が消える。

闇に生まれたキリヤが、闇を失うわけにはいかない。それはキリヤ自身の消滅を意味する。自分の身を守るためにすべきことは一つだった。

「ヤツらの行動パターンは熟知してる。ボクに任せてよ」

「それを聞いて安心した。お前の働きに期待している」

イルクーボは事務的に言い残し、どこかへ姿を消した。今のドックゾーンにいることは危険極まりない。

「ボクたちは虹の園へ行こう」

「そうね」

キリヤとポイズニーは虹の園へ向かう。

虹の園へ到着するまで、二人は一言も話さなかった。キリヤは表情を見られるのを嫌がるように顔を背け、ポイズニーはそんなキリヤにもの思わしげな視線を送った。

休みが明け、月曜日。欠席の目立った金曜日から一転し、桜組の教室はおしゃべり声でにぎわっていた。

「もう意味分かんない！　私が寝てる間に何が起こったの⁉」

莉奈が興奮した口調で話す。

「木曜の夜、急に体がだるくなって早い時間に寝たの。それからの記憶は一切なくて、気付いたら空き地に倒れてた。しかも周りには志穂とか同じ学校の人がたくさんいて、みんな倒れてるんだもん。超パニックよ。宇宙人に知らない星へ連れて来られた⁉とか、何か大事件に巻き込まれて記憶を消された⁉とか、いろんな可能性が頭の中を駆け抜けて行ってさあ」

「あたしもあたしもあたしも！　目が覚めたら空き地にワープしてて、なんにも覚えてないの！」

志穂が激しく同意する。なぎさとほのかはそれを聞いて、ひきつった笑いを浮かべた。

今は4時間目終わりの昼休み。朝から志穂と莉奈は同じ話を繰り返していた。なぎさとほのかは二人がその話題に触れるたび、曖昧な反応をして話を受け流さなければならなかった。

「お母さんはあたしが夢遊病みたいにふらふら家を出て行ったって言うんだけど、それもまったく記憶にございませんなんだよね」

志穂はつくづく不思議そうに言った。

「きっと集団催眠にでもかかったんじゃないかしら」

ほのかが苦しい言い訳を述べる。その発言に莉奈は眉をひそめた。

「そんなの余計に怖いじゃない。わざわざ私たちにそんなことをする理由も分からないし」

「ハイハイハイ！　あたしの推理聞いて」

　志穂が手を挙げて自らの推理を披露する。

「あたしも莉奈の言った通り、何か大事件に巻き込まれたっていうのが正しいと思う。今は忘れちゃってるけど、あたしたちは知ってはいけないこの世のトップシークレットを知って、記憶を消されちゃったの」

「この世のトップシークレットってどんな？」

　莉奈が尋ねた。

「迫り来る未確認生命体っ、それを迎え撃つのは人知れず世界を守る、伝説の戦士！　今戦いの火蓋が切られる！　……みたいな？」

「そういう設定でいくなら、伝説の戦士はアイドルのジュンタくんでよろしく」

　莉奈が志穂の冗談に乗っかり、なぎさは乾いた笑いを漏らした。

「あははー……おもしろーい……」

　反応の薄いなぎさとほのかを置き去りにして、志穂と莉奈はおしゃべりに花を咲かせる。

「ねえねえねえ、そういえば空き地にいた人みんな、ハッピーガッパーを持ってなかった？」

「え、そうだっけ」

「そうだったよ。空き地にいっぱいあのショッキングピンクが転がってたじゃん」

「そう言われてみればそうだったような……。混乱してたからよく覚えてないけど。私、願い事を叶えてくれるハッピーガッパーを持ってれば試験は大丈夫なはず〜とか現実逃避してて全然勉強してないよ。今考えればあんなのが願いを叶えてくれるわけないよね」

「あたしも。なんであんなのを頼りにしちゃったんだろ。試験やばいよ」

志穂は悩ましげに俯《うつむ》いた。が、すぐに顔を上げて話題を元に戻す。

「って、そうじゃなくて！　空き地に集まった人がみんなハッピーガッパーを持ってるなんておかしいと思わない？　あれは未確認生命体の手下だったりして」

親指と人差し指をL字形に立てて顎の下に添え、志穂は名探偵を気取って見せる。

「案外、敵は私たちのそばに潜んでいるのかもしれませんな」

莉奈も同じポーズを取って、わざとらしく言った。

冗談半分ながら、二人は事の真相に近づきかけている。なぎさは慌てて違う話題を振った。

「り、莉奈ってジュンタが好きだったんだっけ。いつから？」

「結構前から。かっこいいよねえ。まあ歌手のリョーヤくんも、俳優のトモキも好きだけど」

「うんうん、かっこいいかっこいい。カブトムシみたいで」

なぎさは莉奈と志穂が元の話題を忘れるよう、全力で肯定する。

「カブトムシ？　なぎさの例えって意味分かんない。っていうかそれ、褒《ほ》めてる？　けなしてる？」

莉奈は眉を寄せた。まったくピンと来ない様子だ。

「褒めてるって！　かっこいいといえばカブトムシ、カブトムシといえばかっこいいでしょ」

「カブトムシがかっこいいの代名詞って、あんたは少年か」

莉奈は呆れ気味に肩をすくめる。その隣で志穂が言った。

「あ、でもでもでも、藤P先輩はちょっとカブトムシに似てるかも」

「ええっ」

反射的に大きな声を出したのはなぎさだ。

一方、莉奈はぷふっと鼻の奥の空気を噴き出した。

「分かる。ちょっと似てる。今一瞬、私の頭の中を、カブトムシの角を生やした藤P先輩が駆け抜けて行った」

莉奈は肩を震わせて笑う。

「本人が聞いたら、あまり嬉しくないかもしれないけど……」

そう言うほのかも笑いを堪えきれていない。

「ほのかまで笑ってるし」

なぎさは不服そうだ。

「なるほど。なぎさは藤P先輩みたいなのが好きってことか」

志穂がなぎさをからかう。

「そんなんじゃないってば！」

それをなぎさは必要以上に力強く否定した。

「雪城さんは芸能人だと誰が好きなの？」

莉奈が問うと、志穂もそれに興味を示す。

「あたしも気になる！　雪城さんの好みって想像つかないし」

ほのかは視線を落として、質問の答えとなる人物の名前を探した。しかしいくら考えてみてもそれに該当する名前は出て来ない。

「私、あまり芸能人に詳しくなくて……」

ほのかの頭の中で、テレビや広告で見かけるいくつかの顔が、浮かんでは消え浮かんでは消えを繰り返す。そして最後に残ったのは、立派なヒゲをたくわえたメガネの彼だった。

「でも強いて言うなら、ブレキストン博士かな」

莉奈と志穂は同時に首をかしげた。

「ブレキストン博士？」

「そんな芸能人いたっけ」

彼の正体を知っているなぎさだけは、あちゃーと言うような表情を浮かべている。

「芸能人ではないの。世紀の物理学者って言われている人なのよ」

ほのかは机の横に掛けてある通学鞄から一冊の本を出した。そのカバーの折り返しには、白黒の著者近影がある。

　ほのかはそこを開いて莉奈と志穂に見せた。

「これがブレキストン博士よ」

　ブレキストン博士の写真を見た莉奈と志穂は目を丸くした。二人は揃って驚きの声をあげる。

「この人が、雪城さんの好みのタイプ⁉」

「ていうかていうかていうか、おじいさんじゃん！」

「とても偉大な人なのよ。あらゆる物の真理に最も近づいた人物と言われていて、私の憧《あこが》れの人なの」

　莉奈と志穂は顔を見合わせて大きなまばたきをした。

　ほのかは真剣な顔で、至って真面目な様子だ。そんなほのかがおかしくて、二人はまた笑いに襲われた。

「ふふっ」

「あはははは！」

　莉奈と志穂は声を出して笑う。

　ほのかはきょとんとして二人を見る。なぜ二人が笑っているのか分からないようだ。

「私、何か変なこと言ったかしら」

ほのかが言うと、莉奈と志穂はますます笑いのツボにはまってしまう。ほのかは困惑してなぎさに視線を遣った。

「ほのかはただ純粋に、そのプランクトン博士を尊敬してるだけなんだよね」

「ええ。ブレキストン博士ね」

なぎさが誤ったフォローをし、それをほのかがフォローすると、莉奈は笑いの余韻を喉の奥に潜めながら言う。

「雪城さんっておもしろいとこあるよね」

志穂も笑顔で頷く。

「頭いいのに、ちょっとずれてる」

それにほのかはいろいろと納得のいかない顔で、

「そうかしら」

と呟いた。

昼休みの終わりを告げるチャイムが鳴る。授業開始5分前だ。いっせいに窓の向こうのグラウンドから人が校舎のほうに集まり、教室にクラスメートが戻って来る。

「あ、つぎ音楽室に移動だ。早く行かなきゃ」

志穂がなにげなく言うと、なぎさは息を呑んだ。何か重大なことを思い出したようで、思いきり目を見開いている。

「やばっ！　音楽の先生に、今日は早く来て準備を手伝ってねって、頼まれてたんだった！」

「どうすんの、もう授業始まっちゃうよ」

莉奈に言われ、なぎさは机に用意してあった音楽の教科書を引っ摑んだ。

「とにかく急いで行ってくる！」

なぎさは猛スピードで教室を出ようとする。それにほのかが声をかけた。

「待って！　私も行くわ。二人なら準備も早くできるでしょ」

「ありがと、ほのか！」

なぎさとほのかはバタバタと教室を出て行った。

志穂と莉奈も一拍遅れて二人の後を追う。

「待て待て待てー！」

「四人ならもっと早くできるよー！」

なぎさは志穂と莉奈を振り返って、ありがとうと手を振った。


薄黄色の生地が丸いくぼみのある鉄板の上でリズミカルに丸められていく。それを舟形の容器に盛って、刷毛でたっぷりのソースを塗る。さらに青海苔《あおのり》とかつお節を振り、最後にようじを1本刺せばアカネのタコ焼きが完成する。

濃いソースの匂いを嗅いで、なぎさの口の中に唾液が溢《あふ》れる。かつお節はゆらゆら踊り、まん丸なタコ焼きはきっちり容器の中に収まっている。

「はい、おまけにもう1個」

アカネはおまけを一つずつ載せ、なぎさとほのかに渡した。

「わーい。いただきまーす！」

なぎさは熱々のタコ焼きを頬張った。

「いただきます」

ほのかは息を吹きかけて少し冷ましてから口に入れる。

二人は口の中にこもった熱気をフッフッと吐き出しつつ、タコ焼きを味わう。

「おいひ〜！」

なぎさは顔を綻《ほころ》ばせる。しかしタコ焼きの中心に入った具を噛《か》んだ瞬間、その表情は一変した。

「……ん？」

なぎさの口からはシャリッという音が響き、ほのかの口の中には甘辛い味が広がる。アカネは頭に巻いた赤いバンダナの位置を直しつつ、二人の曇った顔を観察している。

「これは……キュウリ？」

「こっちはカンピョウですか？」

「ピンポーン。二人とも大正解」

アカネはほほえんだ。

「新メニュー開発しててさ。とりあえず巻き物の具に挑戦してみたんだけど、どお？」

なぎさは微妙な顔つきでタコ焼きを飲み込んだ。

アカネはベローネ学院の卒業生で、なぎさとほのかの先輩にあたる。元ラクロス部のキャプテンでもあり、今でも部活に顔を出してくれたりする。

なぎさにとっては頭の上がらない存在だが、それとこれとは話が別だ。彼女の夢のためには遠慮しない方がいい。なぎさは率直な感想を述べた。

「うーん……。中途半端にしんなりしてて、ソースとキュウリがなんとも合わなくて……あんまりおいしくないです」

「カンピョウは意外とおいしいです。甘辛い味が生地と合ってるし」

アカネは興味深そうに二人の感想をメモした。

「ふむふむ。キュウリはナシでカンピョウは一考の余地アリっと」

アカネがペンを走らせている紙には、エビ、キムチ、カリカリ梅など数十種類の食材の名前とその感想が記されている。なぎさはそれを覗き見た。

「もしかして、それ全部試したんですか？」

「まあね。あ、ちなみに試作品はおまけにあげた1個だけだから安心して。他のはいつも通りのタコ入りだよ」

なぎさはホッとした顔で二つ目のタコ焼きを口に入れた。

「アカネさん、熱心なんですね」

ほのかに言われて、アカネはどこか照れくさそうに答える。

「いつか屋台を卒業して自分の店を持つっていう夢があるからね。OLの仕事を辞めてまで選んだ道だから、絶対叶えなくちゃいけないんだよ」

アカネは遠くを見つめて、穏やかに話す。

アカネは元々、大手の商社に勤めていた。しかしどうしても夢を諦めきれず、たくさんの人に惜しまれつつ退職し現在に至っている。

「自分が作ったもので誰かをちょっとでも幸せな気分にできたら、そんな嬉しいことはないと思わない？」

アカネのタコ焼き屋さんは移動式で、黄色い車体に紺色ののれんが掛かっている。その向こうのアカネが座っているスペースは非常に狭く、半畳あるかないかというところだ。

それが何組もの椅子と机の置かれた、小綺麗な店へと変わる日をなぎさは思った。アカネが腕によりをかけた料理を一口食べたお客さんが、嬉しそうな表情をする。それを見たアカネはお客さんよりももっと嬉しそうに笑う。アカネの店はアットホームな雰囲気の、素敵な空間になるに違いない。

「アカネさんのお店がオープンしたら絶対食べに行きますね！　ね、ほのか」

「もちろん！」

「その時はいっぱいサービスしてあげるよ」

アカネの言葉を聞き、なぎさはガッツポーズを取った。

二人は店の前にあるベンチへ移動した。このベンチに並んでアカネのタコ焼きを食べるのは、二人のお決まりのコースだった。あまり交流のなかったなぎさとほのかが初めて遊びに出かけた時も、こうしてタコ焼きを食べた。その時のタコ焼きも充分においしかったが、なぎさには今の方がもっとおいしく感じられた。アカネの腕が上がったせいだろうか、それともなぎさとほのかが一緒にいる時間を心から楽しめるようになったせいだろうか。その両方かもしれない。

「久保田さんや高清水さんたち、元気になって良かったわね」

「昼休みは焦っちゃったよ。ふざけて言ってたみたいだけど、結構いい線行ってるんだもん」

「私もひやひやしちゃった」

ほのかは困ったように眉尻を下げる。

「でも、どうしてブレキストン博士が好きと言ったらあんなに笑われたのか、やっぱり分からないわ」

「それは……分からなくていいんじゃない？　人の好みはそれぞれっていうか……」

なぎさは若干頬を緊張させて言った。

二人同時にタコ焼きを口に含んで、沈黙が生まれる。それは気まずさとは無縁の、気楽なものだった。必死になって次の話題を考える必要はない。ごく自然な沈黙は、二人の信頼の証だった。

一羽の鳩がベンチ近くの地面をつつきながら、徐々に二人の方へ近づいてくる。なぎさとほのかはなんとはなしにそれを見つめた。

やがてなぎさが口を開いた。

「あいつらは、いつまでプリズムストーンを狙って来るつもりなんだろ」

鳩は何も落ちていない地面をしきりにつついて、小さな頭をかしげる。

「みんなが倒れて、もうこのまま目を覚まさないかもって思った時、すっごく怖かった」

「私もよ。久保田さんや高清水さんととくに親しいわけではなかったけど、いつの間にか大切なクラスメートになってたんだっていうことに気付かされたわ」

「そばにいてくれるのが当たり前だったけど、みんながいなくちゃ当たり前の毎日はやって来ないんだよね。それってじつは一番大切なもの、なのかな」

なぎさは自分の言葉に照れを感じたのか、頬を紅潮させている。ほのかは微笑みでなぎさの意見を肯定した。

街の図書館はほのかのお気に入りの場所だった。読みたい本が揃《そろ》っているし、読み書きする机も広い。家の中よりも誘惑となるものが少ないぶん、勉強や読書にも集中できる。気分転換したい時は綺麗な庭に出ることも可能だ。ページを捲《めく》る音と床を踏む音くらいしか聞こえない静かな空間は、落ち着いた雰囲気のほのかによく似合っている。

ほのかは机の上にノートと教科書を広げて勉強していた。シャーペンはなめらかに動いている。

「こんにちは」

背後から声をかけられる。振り返ると、そこにはキリヤがいた。

「キリヤくん。キリヤくんもお勉強？」

「そうです」

「そう。お互い頑張りましょうね」

ほのかはそれだけ言ってノートに向き直った。シャーペンを握り直し、数学の教科書を覗く。ほのかの意識が数式に集中する。しかしその集中はすぐに途切れてしまった。

「ほのか、なんだか変な気配がするミポ」

ミップルの眠気まじりの声が言った。ミップルはほのかが学校にいる間、お世話カードで眠らせている。まだ起きたばかりなのだろう。

ほのかは大慌てでポーチの付いた通学鞄を抱き寄せた。ミップルの高い声はただでさえよく通る。それが図書館で話す用のヒソヒソ声でなく、普通におしゃべりする時の大きさで発せられたのだから一気に注目を浴びてしまった。まだほのかの横にいたキリヤも通学鞄に目を向けている。

「ご、ごめんなさい」

ほのかは頭を下げ、急いで教科書とノートを鞄に詰め込んだ。

「腕時計のアラームが鳴っちゃったみたい。ミポミポミポっていうの」

ほのかは通学鞄を見つめたままのキリヤに、なんとか言い繕《つくろ》った。

「じゃあ、私はもう帰るわね」

不自然なほど急いで去っていくほのかの後ろ姿を、キリヤは感情の見えない目で見送った。

小走りで図書館を出て電信柱の陰に隠れると、ほのかはポーチからミップルを取り出した。コミューンのミップルは眠そうに目をしばたたかせている。

「ミップル、変な気配って？」

「微かに虹の園の住人とは違う気配を感じたような気がしたミポ。でも……」

「でも？」

「本当に微かな気配だったから、もしかしたら勘違いだったかもしれないミポ」

ほのかは小声でミップルに話しかける。

「今も気配は感じる？」

ミップルは意識を集中させてまぶたを閉じた。しばらく間を置いてから困惑気味に目を開ける。

「感じるような感じないような……よく分からないミポ」

「そう。私も周りに気を付けてみるわね」

ほのかはそう言ってコミューンの蓋を閉じた。

電信柱の陰を出る。すると視界にある人物が入り込んできた。それが誰か認識した瞬間、ほのかはドキッという心臓の音を聞いた。

キリヤが図書館の出入り口に立っていた。ほのかとの距離は約10メートル。ミップルと会話しているところを見られたかもしれない。

キリヤが近づいて来る。ただでさえキリヤには、先ほどミップルの声を聞かれ怪しまれている。深く追及されたらどう答えようかとほのかは身構えた。

「ほのかさん、これ」

ほのかの目の前までやって来たキリヤはシャーペンを掲《かか》げた。ほのかの使っていたものだ。

「さっき落として行きましたよ。間に合って良かった」

「ありがとう。追いかけて来てくれたのね」

「あんなに急いでどうしたんです？」

「急用を思い出したの。でももう大丈夫になったわ」

「そうですか」

キリヤはいつも通りに話す。どうやらミップルと会話する姿を見られてはいなかったようだと考え、ほのかは胸をなで下ろした。

「帰りましょうか」

キリヤが言い、二人は並んで歩き始めた。

二人の影は前に長く伸びている。それぞれの動きに合わせて揺れ、たまに肩のあたりが触れそうになる。しかしあと少しのところで影は離れ、決して混じり合うことはない。

「キリヤくんのお家もこっちの方なの？」

「こっちからでも帰れますよ。少し遠いところにあるんです」

ほのかはそう、とだけ返して短い会話が終わる。

すれ違う人々の話し声や車の音が雑音となって二人の間に入り込む。ランドセルを背負った三人組が、図工の授業でつくったらしい、ストローと牛乳パックでできた竹とんぼを手にはしゃいでいる。一人がストローを両手で挟み回転させると、牛乳パック製の白い羽根は勢いよく飛び立った。ほのかとキリヤはそれを目で追う。

羽根は高く飛んだ。青い空を背景に白く輝いたと思えば、遥《はる》か遠くの白い雲と同化してほとんど見えなくなってしまう。宙を舞う牛乳パックの羽根は、触れたら絹のようにきめ細かな手触りがするだろうと思わせる青空の清々しさと、澱《よど》みのない雲の清潔さの両方を際立たせた。

「夏の晴れた空っていいわね」

竹とんぼの羽根はコンクリートの地面に落ち、そこに持ち主の小学生が走っていく。

「ほのかさんはこの空が好きですか？」

「うん、好きよ」

キリヤは空を見上げたまま尋ねる。

「もしこの空が無くなってしまうとしたら、ほのかさんはどうしますか」

その突拍子もない質問にほのかは一瞬面食らった顔をした。しかしすぐに真剣な表情を浮かべ、きちんと答えを考える様子を見せた。

「……ちょっと想像できないけど、そうならないように今は自分のできることを精一杯やるしかないんじゃないかな……って。自分が生きてるこの世界が危険に晒《さら》された時、どうしようどうしようって思いながら何もしないでいる時間が一番辛いと思うし……」

キリヤは立ち止まった。ほのかはそれに気付かず、一人歩を進める。

ほのかが隣にキリヤがいないことを知ったのは、二人の間に10歩以上の距離ができてからだった。

「キリヤくん?」

ほのかが後ろを振り返ると、キリヤは斜め下を向き佇《たたず》んでいた。男子にしては長めな髪が邪魔をして表情は見えない。

「どうかした?」

そう言われてキリヤは顔を上げた。早足で距離を詰め、ほのかと肩を並べる。

「なんでもありません。たしかに、何もしないでぐずぐずしてる時間っていうのは嫌なものだなと思って」

とくに変わったところはない、普通の口調だった。それでもほのかは何か違和感めいたものを覚えて話題を変えることにした。キリヤはその違和感の正体を追及されたがっていないように感じられたからだ。

「そういえば、この前の傷はもう大丈夫? 農作業の時の」

先日、藤村の友達の木俣の田舎へ農作業を手伝いに行った時、キリヤは指先にケガをしてしまった。ほのかはそれを思い出してキリヤに問いかけた。

「あんなのもうとっくに治ってますよ」

キリヤはケガした指先をほのかに見せる。もうそこに傷はなかった。

「良かった。みんなで農作業をする機会なんてなかなかないから楽しかったわよね。またみんなであういう体験ができたらいいわね」

「できもしないことを言わないでください」

キリヤはきっぱりと言い放った。今度は空ではなく、まっすぐにほのかを見つめている。

「そんな日はもう永遠に来ない」

「永遠にって……」

いきなり否定的な態度を取るキリヤに、ほのかは戸惑いを露にした。うろたえるほのかにキリヤは強く静かな眼差しを向ける。

「ほのかさんの言葉でボクの取るべき行動が分かりました」

キリヤの手が、ミップルのポーチに伸びる。ほのかは反射的に体を引いてミップルを守ろうとする。

ほのかの表情が、戸惑いから警戒へ変わりかける。ほのかにはキリヤの言動の意味がまるで分からない。伸びる手、揺れるポーチ。どうしてキリヤくんが？　という疑問の中で、時間がスローモーションになる。

「ほのか」

その一声が時間の流れる速度を元に戻した。

ハッとして呼ばれた方へ首を回す。そこにはさなえが立っていた。

「おばあちゃま」

「どうしたのおかしな顔をして。そんなに驚いた？」

さなえはいつもの穏やかな微笑みを浮かべている。

「どうしてこんなところにおばあちゃまがいるの？」

「お友達の家でお茶を飲んで来たの。偶然だったわね」

「そうだったの。突然だったからびっくりしちゃった」

さなえの出現により、それまで感じていた警戒心や疑問は一瞬吹き飛んでしまった。ほのかは普段の調子を取り戻して言う。

「こちら同じ学校の――」

キリヤを紹介しようとして後ろを振り返る。

「あら……？」

しかしそこに、キリヤの姿はなかった。


その夜、ほのかは自室の机に向かっていた。机の上には教科書とノートが広げられている。けれどほのかにしては珍しく、問題たちの答えが導き出されるペースは遅滞気味だった。

今のほのかには教科書にある問題の答えよりも、今日のキリヤの言動の理由の方が気がかりだった。

キリヤはなぜ、そんな日はもう永遠に来ないなどと言ったのだろう。その一言がほのかの胸にずっと引っかかっていた。

そう言わざるを得ないわけがあるのなら知りたいと思うし、できることならそれを解決してあげたいとも思う。なんでも如才なくこなしてしまうように見えて、たまにとんでもなく不器用な彼は、ほのかにとって放っておけない存在だった。

「もうすぐお夕飯ができますよ」

部屋と廊下を遮る障子に、さなえの影が映る。

「はい」

ほのかの返事を聞き、さなえは去って行こうとする。

ほのかは障子を開けそれを呼び止めた。

「待っておばあちゃま」

障子から体半分を廊下に出したほのかは、自分の気持ちを表現してくれる言葉を求めて視線をさまよわせた。

「……誰かの言った言葉の意味が、分かりたいのに分からない時ってどうしたらいいのかな」

さなえは黙って先を促す。

「何かに悩んでいるのかもしれないのに、それがなんなのか分からないの。どうしてそんなことを言うのか分からない……。きっと聞いても教えてくれないと思う」

「人の言葉の意味を完全に理解するのは無理なことかもしれないわね。例えばこうして話していても、ほのかが言葉に乗せた意味を私は半分も分かっていないかもしれないわ」

さなえは優しさと凜々《りり》しさの同居する声で話す。

「でもほのかがどういう気持ちで話しているのかは、なんとなく分かるの。どうしてだと思う？」

ほのかは首を横に振った。

「私はほのかのことをよく知ってるからよ。相手のことを知れば、言葉の意味は分からなくても、その裏にある気持ちは分かるようになる。そうなれば戸惑うことも無くなるわ」

「大事なのは、相手をよく知ること……？」

「そうね。でも知っていく上で相手の性格が自分の想像と違うことに気付いても、その人を変えようとしちゃいけない。人を変えていいのは、他人じゃなく本人だけだと思うの。どこまでもそのままの相手と向き合うべきじゃないかしら」

今日も雪城家は静かだ。さなえが話し終え、ほのかが口を閉ざしたまま言われたことを噛《か》みしめていると、物音はほとんど聞こえない。ただヤカンのピューーッと鳴く音が、台所から風に乗って届く。

「あらいけない」

さなえは何事もなかったかのように呟いて、台所へ向かった。

庭のどこからか忠太郎がやって来て、ほのかを見上げる。頭を撫でてやると、熱い息が手首にかかった。忠太郎の黒い、きらきらと光る目が恍惚《こうこつ》として細められる。

右手で撫で甲斐《がい》のある大きな頭を、左手で背中をさする。忠太郎の高い体温がほのかに伝わってくる。

「キリヤくんのこと、もっと知る事ができたらいいな」

忠太郎は頷くようにまばたきをした。

第四章

　さなえが前を行き、妙子がそれを追いかける形で、二人は見慣れた道を歩いていた。さなえの歩調に迷いはなく、一定の速度を保って進んでいく。一方妙子はおろおろしきりで、たまに何かを考えるように立ち止まっては小走りでさなえを追いかける。

　二人はシゲの家に向かっている。幼なじみであるシゲが、最近評判の良くない連中とつるみ、脅迫行為をしているらしい。その話を聞くと、さなえは本人に直接真相を問い質そうと言って立ち上がった。一人で行かせるわけにもいかず妙子はとっさについて来てしまったのだが、シゲの家が近づくにつれて不安は増大した。もし噂《うわさ》が本当だとしたら、シゲはもう自分たちの知っているシゲではなくなっているかもしれない。

　やっぱりやめようよと言いかけては、そのたびにさなえの背中から強い意志を感じて口を噤《つぐ》む。そんなことを繰り返しているうちにとうとうシゲの家へ着いた。

「本当に直接聞くの？　ちょっと怖いなあ」

「怖いことないわよ。シゲちゃんが私たちに何かするわけないもの」

　さなえにそう言われると、妙子は怯《ひる》んでばかりの自分が恥ずかしくなった。

「シゲちゃーん」

　さなえは引き戸の向こうに声をかけた。

　返事はない。

「シゲちゃーん」

さなえはもう一度声をかけた。やはり返事はない。けれど引き戸のガラスの奥で、わずかに人の動く気配がした。

「シゲちゃん、いる？　さなえと妙子よ。シゲちゃんに聞きたいことがあるの」

さなえは戸の向こうに呼びかけた。

床板の軋《きし》む音がする。しかし人が玄関の方に向かって来る様子はない。

妙子は心の底に居座り続ける怯えを振り切るように、戸を叩いて大声を出した。

「シゲちゃーん！　いるんでしょ！　出て来てよ！　さんちゃんも私も心配してるんだからっ！　顔見せなさいよ！」

「た、妙ちゃん。そんなに大きな声出しちゃご近所の人に悪いわよ」

「だって絶対家の中にいるじゃない。居留守使うなんて嫌な感じだわ」

突然、引き戸が急な勢いで開いた。引き戸の縁が枠に激しく当たり、耳障りな音を立てる。

中から現れたのは坊主頭に一重まぶたの少年だった。この家の住人、シゲだ。

「居留守じゃねえよ。手が離せなかっただけだ」

シゲは低い、不機嫌そうな声を出した。背丈はさなえや妙子とそう変わらず、袖無しのシャツから伸びる腕は枝のように細い。しかし威圧的な雰囲気が彼の体を実際よりも大きく見せている。

「わっ、ごめんなさい！」

妙子はシゲが出て来ると一瞬にして弱気になった。妙子は元々愛想のないシゲが苦手なのだ。それもあんな噂を聞いた後では尚更《なおさら》だった。

「久しぶり、シゲちゃん。元気？」

妙子とは反対に、さなえは臆することなく話しかける。

「どうでもいいだろ、そんなこと」

シゲはぶっきらぼうに答える。

「どうでも良くないわ。大切なことよ」

「じゃあ、元気じゃない」

シゲは反抗的な子供のように言った。相手に話す気を失わせるような、憎たらしい言い方だ。

そんなシゲに、さなえは至って真面目な顔で問いかける。

「具合でも悪いの？」

「いや」

「嫌なことでもあった？」

「いや」

「寝不足？」

「いや」

「だったら元気なんじゃない」

シゲは眉間にシワを寄せてさなえを睨《にら》み、それから諦めの表情でため息をついた。

「ああ、元気だよ。そう言えばいいんだろ」

「良かった。安心したわ」

「あっそうかよ」

さなえは優しく微笑み、シゲは決まり悪そうに頭を掻《か》く。

二人のやり取りを見て、妙子は変わらないなと思った。昔からさなえはシゲに睨まれても全然気付かないような態度を取り、シゲは調子を崩されてしまうのだ。

「いきなり来てなんの用だよ」

「どうしてもシゲちゃんに聞きたいことがあって。今、アオイデパートがこのあたりに新しい店舗を建設しようとしてるのは知ってるわよね？　私や妙ちゃんの家も、土地を売るように言われているの」

シゲは軽く頷《うなず》いて肯定した。

「デパート建設に関してはいろんな意見があるんだけど、酒田のおじさんは立ち退きに断固反対していたわ。そうしたらこの間、ある集団に襲われて立ち退きを受け入れるよう脅されたんですって」

「そりゃあ災難だったな」

「シゲちゃん、シゲちゃんはそれに関わってないよね？」

さなえは率直に尋ねた。シゲはさなえとも妙子とも目を合わさずに腕を組む。その唇に薄っぺらな笑みが浮かんだ。

「関わってるわけないだろ。何言ってるんだ」

「本当に？」

「疑いたいなら勝手に疑ってろ」

引き戸の木枠には小さな黒い汚れがある。シゲはそれを手持ちぶさたにいじった。

さなえはシゲの横顔を注意深く観察する。

「そうよね、シゲちゃんがそんなことするはずないわよね。おかしなこと聞いてごめんなさい」

シゲは何も言わず、しきりに木枠の汚れを爪でしごき落とそうとする。しかし汚れは頑固で、なかなか落ちそうにない。

それでもシゲはわざとらしくその行為に没頭しているフリをする。

「今度一緒に酒田のおじさんのお見舞いに行きましょうよ。子供の頃はよく遊んでもらったわよね。お正月に凧《たこ》を作ってもらって、皆で遊んだのを覚えてるわ。妙ちゃんのが木に引っかかった時、シゲちゃんが木のてっぺんまで登って、取ってあげたのよね」

「そうだったかも。今思い出したよ」

妙子が言う。

「いつも怖いシゲちゃんが、あの時だけはちょっと優しく思えたっけ。……あれ？　でもその後またすぐに泣かされたような……」

「シゲちゃんが意地悪して、取って来た凧をなかなか渡さなかったからでしょう」

「あ、そうそう！　さんちゃんよく覚えてるね。……シゲちゃんも覚えてる？」

妙子は恐々《こわごわ》シゲに尋ねた。シゲはうっとうしそうに唸《うな》って、壁に寄りかかる。その表情は先ほどまでよりも不機嫌さを増している。答える気はなさそうだ。

「あとさ、おままごとでさんちゃんが作った泥だんごをシゲちゃんが本当に食べちゃったことがあったよね。あの時もびっくりして泣いちゃった気がする」

「ああ、そんなこともあったわね」

さなえと妙子は昔を思い出して微笑み合った。

「あの頃は遊んでばかりいたよね」

妙子が言い、さなえは頷く。

「もう一度、昔みたいにみんなで思いきり遊べたらいいな。立ち退きすることになったらみんなバラバラになっちゃうかもしれないし、思い出のある場所も無くなっちゃうから」

妙子がそう言い終わると同時に、さなえと妙子の横を緑色の物体が駆け抜けて行った。それは向かいの家の壁にぶち当たり、道のまん中に転がる。

緑色の物体は、シゲの家の玄関脇にぽつんと置かれていた古いバケツだった。シゲがそれを蹴り飛ばしたのだ。バケツは蹴られた衝撃で底が抜けてしまっている。

シゲの突然の行動に、二人は言葉を失うしかなかった。

「オレを責めてるつもりか？　オレのやってることのせいでみんなが悲しむって？」

シゲは睨《にら》みの利いた目で二人に対峙《たいじ》する。

「昔みたいに、なんて無理に決まってんだろ」

「どういうこと……？」

さなえの声に緊張が滲《にじ》む。妙子はすっかり怯《おび》えきって、さなえの背後に回った。

「酒田のおっさんをやったのはオレだよ」

壊れたバケツが風に吹かれて転がった。さらに道を通りすぎていく人に蹴られて音を立てる。バケツはだんだん遠くへ運ばれていく。

「なんで？」

さなえは胸の奥から熱くて重い砂の塊のようなものが溢《あふ》れ出てくる感覚に襲われた。目の前にいるシゲの顔が白く濁る。

「なんで!?」

シゲの両腕にさなえはしがみついた。シゲはそれを拒絶して、力まかせに振り払った。さなえはしりもちをついて倒れた。

「さんちゃん！」

妙子がさなえの肩を支え、心配そうに様子を窺う。

シゲは舌打ちした。そのまま家の中へ入って行こうとする。

さなえは立ち上がれないまま、シゲの背中に言った。

「もうそんなことやめよう。シゲちゃんが優しい子だって、私知ってるよ」

「オレには何もない。だからこうやって生きるしかないんだ」

シゲはピシャリと引き戸を閉め、家の奥へ姿を消した。

残された二人は、外界とシゲを遮るその戸に、呆然《ぼうぜん》とした目を向けることしかできなかった。


さなえはお向かいの家の縁側に座り、乱雑な感じの庭を眺めていた。

濃い緑が散らばる中で、鮮やかな夏の花々と錆《さ》びた鉄製のジョウロ、空の植木鉢などが混ざり合う。黄色いひまわりは一際目立つ存在だ。太陽に顔を向け、力強く葉を伸ばしている。まるで自ら光を放っているようなひまわりが、今のさなえには眩《まぶ》しく感じられた。

ガーゼの張られた右肘に触れると、弱い痛みが走った。先日シゲに突き飛ばされて負ったケガだ。

「はい、お待たせ」

おキクおばさんがお茶を持って来た。二つの湯呑《ゆの》みを縁側の床に置き、さなえの隣に座る。おキクおばさんは息を吹きかけてお茶を冷ます。四季を問わず、おキクおばさんの淹《い》れるお茶はいつも熱々だった。

「私もシゲちゃんの噂《うわさ》は聞いてたんだよ。でも確かなことじゃないから、さなえちゃんには言わなかったの。それがかえってさなえちゃんを傷つけちゃったかもしれないね」

さなえはいいえ、というように首を振った。

「シゲちゃんは不器用なところもあるけど、とても活発ないい子なんです。おばさんも知ってますよね？」

「そうね、知ってるわ」

「それなのに、どうして……」

どうして、なんで。シゲが酒田のおじさんを襲った集団の一人だと知ってから、さなえは心中で何度同じ言葉を繰り返したか知れない。

さなえには理解できなかった。なぜあのシゲが、そんな人たちの仲間になってしまったのか。なぜオレには何もないなどと言ったのか。

「一度そういう人の仲間になってしまったら、抜け出すのは簡単じゃない。シゲちゃんもそれは分かってるだろうに。よっぽど何かを思いつめていたのかねえ」

おキクおばさんの言い方は普段と同じく、ゆったりとした穏やかなものだ。けれどその声にははっきりと落胆の色が滲んでいた。

「シゲちゃんは、自分には何もないって言ったんです。何もないから、こうやって生きるしかないって」

「シゲちゃんが強くそう思い込んでしまっているなら、それを変えることは難しいかもしれないね」

さなえは剝《は》がれかけたガーゼのテープをそっとなぞった。

シゲに振り払われた時、力の強さに驚いた。子供の時はさなえの方が年上ということもあり、力の差を感じることはなかった。その頃からそう長い年月が経ったわけでもないのに、今や力の差は歴然だった。

幼なじみであるシゲのことを、本当は何も知らないような気持ちになる。シゲだけではない。妙子やおキクおばさん、その他の知人に対し、きちんと相手を知ろうとしてきたか分からなくなった。

さなえは決意を込めて言う。

「もう一回シゲちゃんと話してきます。もしシゲちゃんがよく考えた上で今の生き方を選んでいるのだとしたら、余計な口出しはしません。でもそうでないなら、何を思ってあんなことをしたのか知りたいんです」

「一人で行く気かい？」

さなえは無言で肯定した。

「ダメよ。危ないわ。今のシゲちゃんは、きっと自分でもどうすべきか分からずに混乱してるの。うかつに近づいたらまたケガさせられちゃうかもしれないよ」

おキクおばさんは必死でさなえを思い留まらせようとする。しかしさなえの決意は固い。

「構いません。シゲちゃんが混乱しているのなら、尚更《なおさら》近くにいてあげたい。そういう時って、一人でいるとどんどん考えが悪い方に向かっていくものだと思うんです」

「さなえちゃんの気持ちはよく分かったわ。でも今はやめておきなさい。私もシゲちゃんのことは大切よ。だけどさなえちゃんのことも同じくらい大切なの。もしさなえちゃんが危険な目に遭ったらと考えるだけで寿命が縮みそう。ね、私のためと思って無茶はしないでちょうだい」

おキクおばさんは哀願するように諭す。

そう言われてしまうと、さなえはなんとも言い返せなくなってしまった。彼女の心配がさなえに伝わってくる。

「大丈夫。私もできる限りのことはするわ」

おキクおばさんはさなえの好きな、目の無くなる笑顔を見せた。

結局さなえはそれ以上意地を張れなかった。

シゲのところへ行くとしても、おキクおばさんには言わないでおこうと心に決めた。余計な心配はかけたくない。

さなえはおキクおばさんに別れを告げて家に戻った。

部屋に入ろうとしたところで、見覚えのないものが目に留まった。有名なデパートの包装紙だ。それはさなえの部屋の前に、無造作に置かれていた。

拾い上げてみると、包装紙には「さんちゃんに」と書かれたふせんが貼ってある。さなえは訝《いぶか》しみながらリボンを解いた。

包装紙の中から出てきたのは銀色の手鏡だった。背面にはよく光る半透明の石がたくさん付いていて、一輪の花を形作っている。とても可愛らしい装飾だ。

鏡の面には、赤みを帯びた少女らしい頬のさなえが映る。

誰がこんなものを置いて行ったのだろう。さなえは疑問に思ってふせんを見返した。送り主の名前はどこにもない。さんちゃんに、と右下がりの文字が並んでいるだけだ。

さなえのことをさんちゃんと呼ぶのは、小さい頃からの友達に限られている。

さなえはふいに、いつか見たシゲの字を思い出した。お世辞にも上手いとは言えない右下がりの字は、そこにあった字と酷似していた。

裏門から入り、そっとさなえの部屋の前に贈り物を置いていくシゲの様子が目に浮かぶ。

さなえは手鏡を持ったまま駆け出した。まだ近くにシゲがいるかもしれないと思ったら、勝手に足が動いていた。

裏門から歩道に出て左右を確認する。どちらにもシゲはいない。さなえはシゲの家の方向である右を選んだ。

何度も道を曲がり、シゲの家の方へ急ぐ。薬局を通りすぎ、酒屋の角を曲がる。てっぺんに欅の木がある坂道の近くまで来た時、探し求めた背中を見つけた。

「シゲちゃん！」

シゲは足を止めて振り返った。さなえは息を切らしてシゲの元に駆け寄る。

「なんだよ」

シゲは気まずそうな顔になって言った。

「これくれたの、シゲちゃんでしょう」

さなえは手鏡を掲げた。

「いらないなら、そのへんのドブにでも捨てればいい」

シゲの言い方は、この前よりももっとつっけんどんな感じだ。

「いらなくなんてない。とっても素敵よ。だけど理由もなくこんなものもらっちゃ悪いわ」

「理由もなくって、本気で言ってんのか？」

さなえは不思議そうにシゲを見返す。

シゲは芝居がかった舌打ちをして、さなえの右腕を指差した。

「え？」

しかしそれでもさなえは合点《がてん》がいかない様子でシゲの指すあたりを見回している。

シゲはやけくそのように言った。

「だから、その腕！　ケガさせちまったんだろ。その詫《わ》びだっつってんだよ」

「えっ、たったそれだけのことで？」

「それだけのことじゃないだろ。ったく……なんでオレが説明しなきゃいけないんだ」

シゲは苛立たしく貧乏ゆすりをした。

「やっぱりシゲちゃんは変わってない。優しいシゲちゃんのままよ。それなのに……」

うるさく鳴くセミが、沈黙を埋めてくれる。セミの声はすぐ近くの木から聞こえた。

シゲの顔から不機嫌な照れくささが消える。代わりにすべてを諦めたような空虚さを目のあたりに浮かべた。

「どうして世間から後ろ指さされるような連中とつるんで、酒田のおっさんに酷いことしたのかって？　べつに大層な理由なんかない。オレがダメなやつだからさ」

ダメなんかじゃない。さなえはそう言いかけてやめた。ありきたりな言葉を今簡単に口にしてはいけない気がした。

「オレにはなんにもやりたいことがない。自分のしたいことも分からないまま毎日が過ぎて行って、体ん中にモヤモヤした何かが溜まってった。そのモヤモヤが胸につかえて息苦しかったんだよ。でもあいつらといる時だけは、ちょっとは楽になる。オレはもうそういう事でしか生きていけねえんだよ！」

「……シゲちゃんは真面目なんだね。毎日をぼんやり過ごしていっても、何も感じない人はたくさんいる。けどシゲちゃんは真面目だから、自分のするべきことが分からない状態に我慢できないのよ。そのモヤモヤは思いきり打ち込めることを求める、やる気の塊みたいなものじゃないのかしら」

シゲはようやく、さなえを真正面から見つめた。

きつく唇を噛み、拳を握る。シゲはその拳を木の幹に振るった。1匹のセミが木から飛び立っていく。

「昔から、見透かされたようなことを言われるのが嫌いなんだ」

拳を下ろすと、木の皮がぱらぱら砕け落ちた。

「でも妙なもんだな。さんちゃんが言うと、そうだったのかもしれないって思えてくる」

シゲは悲しそうに笑った。

「まだ大丈夫よ。酒田のおじさんにはちゃんと謝ろう。それでシゲちゃんが一生懸命になれることを探しましょう」

「いや、もう遅い」

シゲの視線の先を四、五人の男が、さなえたちの方へやって来る。みんな見るからにガラの悪い風体で、絶えず周りを威嚇するような雰囲気を放っている。すれ違う人は彼らと目を合わさないようにして、さり気なく道の端に寄った。

男たちがシゲとさなえの横を通って行く。その時、集団のうちの一人がシゲを手招きした。シゲは彼らに頭を下げ挨拶する。

「行かないで、シゲちゃん」

さなえの制止もシゲを止めることはできない。

「ごめんな」

シゲはさなえの視線から逃げるように俯いて、集団の中へ加わった。

シゲを加えても彼らは不気味に黙ったまま歩き続け、どこかへ去って行った。


なぎさは学校の帰り道、コンビニに寄った。朝家を出る時に、牛乳を買って来るよう頼まれたのだ。

冷蔵ケースから牛乳を取り出す。火照った手が一瞬冷やされて気持ちいい。

会計を済ませた後、なぎさは店内を一周した。お菓子売り場は少し時間をかけて通る。

出入り口近くの本棚にはファッション雑誌が置いてある。なぎさは中高生向けのそれを手にして、ページをぱらぱら捲《めく》った。浴衣やキャミソールを着たたくさんの女の子が、白い歯を見せて笑っている。後ろの方のページには読者からの投稿コーナーがあり、テーマは学校の怪。学校での怖い体験が寄せられている。なぎさは怖いもの見たさでちょっと立ち読みし、雑誌を本棚に戻した。

表通りに面したコンビニはガラス張りで、店の外がよく見える。なぎさはベローネ学院の制服を着た二人組の男女が並んでやって来るのを発見した。二人はなぎさのすぐ目の前を通過していく。

男子部の制服を着たのは藤村だった。その隣にいるのは色の白い美人だ。藤村は楽しそうに何かを喋っている。

なぎさはとっさにしゃがんで、本棚に隠れた。

数秒後、そっと立ち上がって目から上を本棚から覗かせた。もう藤村と女子生徒の姿はない。アスファルトが太陽の光を照り返して輝いているだけだった。

「藤P先輩に彼女⁉　有り得な〜い！　……メポ」

メップルがポーチの中で言った。

「人の真似しないで。……第一、そんなこと考えてないし」

なぎさは小声で言い返し、コンビニから出た。

家に帰ると母の理恵はすでにエプロン姿でキッチンに立っていた。

「おかえり。牛乳買って来てくれた？」

「ん」

なぎさが牛乳を渡すと、理恵はさっそくパックを開けて計量カップに注いだ。

「ありがと。これを待ってたのよ」

ぴったり100ミリリットルの牛乳はその他の材料と一緒にボウルへ入れられて、泡立て器でかき混ぜられる。泡立て器とボウルのこすれる音がリズミカルになぎさの鼓膜を刺激する。

なぎさは制服のまま、ダイニングの椅子に座った。

「何よ、ため息なんかついて」

理恵に言われてなぎさは驚いた。

「え？　わたしため息なんかついた？」

「今ついたじゃない。思いっきり」

なぎさは手で口元を覆った。ため息の原因は一つしか思い浮かばない。コンビニで見た光景が頭の中でちらつく。

無意識のうちに再びため息をつきかけた時、なぎさは肩にこそばゆい刺激を感じた。

「今日も一日ご苦労さまです～。ワタクシめが肩を揉《も》んで差し上げましょう」

弟の亮太が媚《こ》びへつらうような笑顔でなぎさの肩を揉んでいる。なぎさは大きく肩をうねらせて亮太の手から逃れた。亮太がこんな行動に出る時は、間違いなく裏がある。

「お金なら貸さないわよ」

「やだなあ、そんなんじゃないって」

「わたしのお菓子食べちゃったんなら、ちゃんと新しいの買って来てよね」

「食べてない食べてない」

「宿題も教えないから」

「そんなのお姉ちゃんに聞いてもムダ……じゃなくて、自分でできるよ」

なぎさは足を組んで後ろを向いた。背後に佇《たたず》む亮太はぎごちなく笑っている。どう見ても怪しい。

「じゃあ何よ」

なぎさは不機嫌に尋ねた。

「じつはですねえ」

亮太はそこまで言って自室に駆けて行った。何かを背中の後ろに持って出て来る。

亮太はなぎさの表情を窺いつつ、静かにそれをテーブルの上へ出した。

「あっ！」

それを認識した瞬間に、なぎさは非難めいた声をあげた。

亮太が持って来たのはなぎさのオルゴールだった。四角い箱型で、蓋を開けると白鳥の湖のメロディーが流れる。数年前に旅行先で買って以来、いつか素敵な指輪かネックレスをもらったらこれに入れようと大事にしていたものだった。

しかしそのオルゴールは今、蓋が本体から外れ無惨に壊れている。

「あんた、勝手に部屋に入ったのね！」

「お姉ちゃんに貸してたマンガがどうしても読みたくなったんだよ。でも見つからなくて、探してるうちにうっかり……」

「わたしが帰って来るの待ってればいいでしょ。これ気に入ってたのに」

「ごめんごめん。代わりにボクの持ってるオルゴールあげるよ。仮面レスラーゴードンのオープニングが流れるやつ。お姉ちゃんには絶対そっちの方が合ってるって」

「あんた反省してないでしょ⁉」

なぎさは椅子を蹴って立ち上がった。亮太はひぃーっと叫んでリビングまで逃げる。こうなるとしばらく追いかけっこを続けた挙げ句、コブラツイストをかけられるのがお決まりのパターンだ。亮太はなぎさの一挙一動に目を配る。

なぎさは右へ一歩動いた。亮太は警戒して左に移動する。しかし意外にも、なぎさは戦闘態勢に入ることなくそのまま自分の部屋の方へ行ってしまった。

それでも亮太は警戒を怠らず、なぎさの再来襲に備えた。油断させる作戦か、あるいは部屋から武器を持って来るのかもしれない。

けれどなぎさは戻って来なかった。拍子抜けした亮太はドア越しに話しかける。

「お姉ちゃん、怒ってないの？」

「もういいわよ。わざとやったんじゃないんでしょ」

なぎさの声が返ってくる。どうやら本心でそう言っているようだ。

「なんで？　いつもだったら絶対痛いことしてくるのに」

「してほしいわけ？」

「そうじゃないけど……」

亮太は言い淀んだ。コブラツイストから逃れられて嬉しいはずなのに、なぜかすっきりしない。

「そんなに心の広いお姉ちゃん、気持ち悪いよ！　どうでもいいことで怒って、小学生の弟に本気のプロレス技かける大人げないお姉ちゃんはどうしちゃったんだよ」

亮太が言い終わるか終わらないかのうちにドアが開いた。口の端をひくひくさせた、怒り顔のなぎさが亮太を見下ろす。

「よっっっぽど、痛い目に遭うのが好きみたいね」

「うわ、お姉ちゃんが怒った！」

亮太は慌ててリビングに戻って行った。

なぎさはうんざりした様子でドアを閉めた。ベッドに寝転がる。

「まったくあいつは……」

そう呟いて目を閉じた。

真っ暗なまぶたの裏に映るのは、女子生徒と楽しそうに喋る藤村の横顔。やはり彼女だろうか。サッカー部のエースである藤村はとにかくモテる。彼女がいたって少しもおかしくはない。

胸の内側が重くなる。体が地面についていないようなふわふわした感覚に襲われる。

「なぎさー、おなかが空いたメポ」

メップルがポーチから顔を出して言った。なぎさは横たわったままで返事もしない。

メップルは元の姿になり、ベッドをよじ登った。短い手足でぬいぐるみの山とタオルケットの川を越え、なぎさの顔の横までたどり着く。

「なぎさー」

なぎさの頰をつつく。まだ反応はない。

メップルはなぎさの耳に、息を吹きかけた。

「ぎゃっ！」

なぎさは弾かれたように起き上がった。息を吹きかけられた方の耳を両手で押さえ、不快感をかき消すようにこすった。

「何すんのよ」

メップルは澄ました顔で答える。

「そんなに落ち込まなくても、男は藤P先輩だけじゃないメポ」

「落ち込んでなんかないってば」

「なぎさにはなぎさのいいところがあるメポ。きっとそれに気付いてくれる人もいるメポ」

メップルはなぎさの言葉を無視し、白々しく言う。

「はいはい。どうせ食欲旺盛《しょくよくおうせい》なところとか、嬉しくないこと言うんでしょ」

なぎさは面倒くさそうに言って、ポーチからオムプのカードを取り出した。

「なかなか自分のことをよく分かっているメポ」

「そりゃどーも。どうせわたしには取り柄らしい取り柄もないわよ」

「ふーん。なぎさには一つもいいところがないメポか」

なぎさはムッとした様子で唇を尖らせた。

「でもラクロスは上手いわよ。みんなから期待されてるし、一応エースってことになってるし」

「ラクロスだけメポか」

メップルは小馬鹿にしたように鼻で笑った。

「そんなことない。友達だって多いし、意外と気も遣える方なんだから」

「他にはなんかあるメポか？」

「たまにおっちょこちょいなところがあるけど、それもチャームポイントかなって思ったり、思わなかったり」

「ほほ～」

「まあ、見た目も悪くはないかなーって」

「なぎさにはそんなにたくさんいいところがあったメポか。メップルは知らなかったメポ」

メップルは人をおちょくる時の言い方で呟いた。なぎさは上手く乗せられて恥ずかしいことを口走ったのに気付き、メップルを睨む。

「メップル～！」

「冗談だメポ」

今にも襲いかかって来そうななぎさに、メップルは後ずさる。

「なぎさが、取り柄らしい取り柄がないなんて言うからだメポ。それだけいいところがあるなら、藤P先輩もいつか気付いてくれるんじゃないかメポ？」

なぎさは目を見開いた。メップルは最初からそれを言おうとしていたのだろうか。

「メップル、あんた……」

「というわけで、早くご飯くれメポ」

メップルはコミューンの姿になり、ご飯を急かした。

「結局それ目当てなわけね」

なぎさはがっくりしつつも、その表情は晴れていた。

オムプのカードをコミューンにスラッシュする。シャボン玉のような空間が現れ、メップルはカレーをせがんだ。

なぎさは窓の外を見た。濃くなりつつある青に、一筋の光が流れた。一番星も出ていない時間に流れ星だろうか。なぎさは目をこらす。

その直後、凄まじい爆音が響き渡った。

窓ガラスが震え、胃のあたりに鈍い衝撃が走る。

「な、なんなの⁉」

窓を開けてベランダに出る。空の様子は一変していた。今さっきまでいつも通りの青色だった空が、赤紫色に変色し、太陽の光は遮られ、あたりは薄暗い。早朝とも夕暮れ時とも違う、不気味な薄暗さだ。

「もの凄く恐ろしい何かが、虹の園を覆っているメポ！」

食事を中断したメップルが緊張した声で言う。

「何かって何？」

「分からないメポ。でも、今までに感じた邪悪な気配とは、比べものにならないほど大きいメポ！」

なぎさはメップルを握って部屋の外に飛び出した。

リビングには理恵と亮太が不安そうな顔をして立っている。

「なぎさ。さっきの音聞いた？　一体何かしら」

「空も変な色してるよ」

理恵はキッチンの火を消しに行き、亮太は空を指差した。

「わたし、ちょっと様子見て来る」

それだけ言ってなぎさは玄関に走った。靴を履いていると、亮太が後を追ってくる。

「ボクも行く」

「ダメ。亮太は家にいなさい」

「なんだよ、ケチ」

文句を垂れる亮太を置いて、外に繋《つな》がる扉を開けた。

外は異様な世界だった。不気味な色をした空の下、街のところどころに黒いもやが渦巻いている。空間をハサミで切り取ったかのようなその渦は、なぎさの目にも分かるくらい禍々《まがまが》しいオーラを放っている。

生ぬるい風が吹き、ノートパソコンを宣伝するチラシが宙を舞う。それが偶然に、黒いもやの渦《うず》に触れた。するとチラシは渦に呑み込まれ、どこかへ消えてしまった。深い穴に落ちたようにふわっと姿を消してしまったのだ。

なぎさは得体の知れない渦を恐々と見つめた。

人々は案外呑気で、異常気象かなあなどと呟き写真を撮っている。

なぎさは闇雲に走った。どこかにこの現象を引き起こしている者がいるはずだ。

大通りを抜け、人気のない裏道に出る。誰もいないテニスコートの裏側に面した通りを走る。と、急に角から人影が現れた。なぎさは止まりきれず、正面衝突してしまった。

「わっ！」

「っ！」

なぎさとぶつかったのはほのかだった。なぎさ同様、制服姿にミップルを持っている。

「なぎさ！」

「ほのか！　ねえ、これって絶対アイツらの仕業だよね？」

「そうとしか考えられないけど、こんなこと初めてだわ」

テニスコートと道を隔てるフェンスが、キリキリと不快な音を立てる。二人はそちらに目を向けた。フェンスの一部が、強い力を加えられたように軋《きし》んでいる。ある瞬間、そこはひとりでに弾けて亀裂が入った。

フェンスの向こう側にはテニスコートが広がっている。が、亀裂の先にコートは見えない。細長い亀裂は黒い奇妙な空間に繋がっている。それはなぎさが大通りで見たもやと同じものだった。

「あれは？」

ほのかが呟く。

「あれに近づいてはいけないミポ。とってもとっても恐ろしいもののような気がするミポ」

ミップルが言うと、メップルもコミューンから顔を覗かせる。

「これだけの邪悪な気配を出せるのはジャアクキングだけだメポ。ジャアクキングが虹の園にまで手を出して来たに違いないメポ」

「その通り」

いるはずのない第三者の声がメップルの言葉を肯定する。

突如出現したポイズニーが、フェンスにもたれてなぎさとほのかを見据えていた。

「ジャアクキング様のお力が虹の園に及んでいる以上、アンタたちに勝ち目はない。さっさとプリズムストーンを渡しちゃった方がいいんじゃない？」

ポイズニーは前に落ちてきた髪を翻して背中に流した。

なぎさとほのかは体を力ませてポイズニーと相対する。

「ふざけないで。力ずくで他の世界を呑み込もうとするあんたたちに、渡せるわけないでしょう」

「その言い分はもう聞き飽きたわ。でも、もう何をしてもムダかもよ」

ポイズニーはすぐ隣にある黒い渦を視線で指し示す。

「さっきの見たでしょ？　街中に現れている空間の裂け目は、ジャアクキング様の力が虹の園に届いたことによって起こった時空《じくう》の歪《ゆが》み。この歪みが広がれば、虹の園の理《ことわり》は崩壊する」

ポイズニーは静かに言った。しかしなぎさは、キョトン顔で聞き慣れない単語を繰り返す。

「ジクウ……？　コトワリ？」

「つまり、虹の園がドツクゾーンに覆われてしまうということだメポ！」

メップルに言われようやくポイズニーの言葉を理解する。なぎさは息を呑んだ。ドツクゾーンに覆われた世界はあらゆるもの、あらゆるエネルギーを吸い取られ、生命の息吹を感じさせるものは何も残らない。いつかメップルから聞いた話がなぎさの脳裏を掠《かす》めた。

「そんなことさせない。絶対に！」

「そう。なら好きなだけ抵抗したらいいわ。せいぜい思い残すことがないようにね。行くわよ、キリヤ」

なぎさとほのかは耳を疑った。ポイズニーがなにげなく口にしたその名は、ここで出てくるはずのないものだったからだ。

曲がり角からTシャツにハーフパンツを穿いた一人の少年が出て来て、ポイズニーのそばに立つ。緑がかった黒髪に、切れ長の目。彼は入澤キリヤによく似ていた。しかしなぎさとほのかが知っているキリヤとは、少し違っている。全体の雰囲気と目元の印象が、入澤キリヤよりもずっと暗く、鋭いものになっている。

「キリヤくんなの……?」

ほのかが困惑の表情で尋ねる。

「ええ、そうですよ」

キリヤはこともなげに返した。

それを聞いたなぎさとほのかは、キリヤではなくポイズニーに詰問した。

「あなた、キリヤくんに何をしたの⁉」

「今度はキリヤくんを操ってるのね⁉」

そんな二人を、ポイズニーは嘲るように笑った。

「ずいぶん信用されてるようじゃない、キリヤ」

「当然の反応だよ。二人はボクをただの後輩としか思ってない」

「可哀想に。お友達だと思ってるのね」

ポイズニーが、二人に残酷な真実を告げる。

「キリヤはアタシの弟。ドツクゾーンからプリズムストーンを狙って来たのよ」

「ウソよ!」

ほのかが叫ぶ。しかし、その顔に浮かぶ焦りの表情がポイズニーの言葉を否定しきれていないことを物語る。

「ウソじゃない。ボクは最初からプリズムストーンを奪う目的で、あなたたちに近づいたんだ」

キリヤはTシャツに隠れていたプリズムストーンを見せつける。先端の尖《とが》った黄色いプリズムストーンは、ドックゾーンからの使者が皆持っているものと同じ形だった。

「騙《だま》されない。あなたは操られてそんなことを言わされているんだわ」

ほのかは証拠を突き付けられても、すぐに事実を認めることはできなかった。

「ほのか……」

いつも冷静なほのからしからぬ言動だった。なぎさは心配そうに眉尻を下げる。

「言っても分からないなら、行動で分からせるしかないんじゃない？」

ポイズニーはそう言って、手を天に向ける。

「おいで、ザケンナー！」

妖しく濁った空から、3体のザケンナーが墜ちて来る。ザケンナーはそれぞれ、テニスコートのベンチ、ネット、審判台に流れ込んだ。たちまち三つの備品は形を変え、意志を持って動き出した。

「ザケンナー！」

3体のザケンナーが声を揃《そろ》えて吠《ほ》えた。

コートの片隅に置かれた、ただのベンチだったそれは、4本の足を広げカニのように動く。ネットはお化けのようにひらひら宙を浮遊し、審判台は長い足で地響きを立てながら歩いている。

皆一様にザケンナー特有のつり上がった目を持ち、攻撃的な表情を浮かべている。

ベンチと審判台のザケンナーが、テニスコートのフェンスを蹴り、体当たりする。フェンスはひしゃげ、呆気《あっけ》なく破れた。そこから3体のザケンナーが出て来て、なぎさとほのかの前に立ちはだかった。

「ほのか、変身よ！」

「うん！」

二人はメップルとミップルのコミューンに、クイーンのカードをスラッシュした。

「デュアル・オーロラ・ウェイブ！」

手を繋ぎ、声高く叫ぶ。まばゆい光が発生し、キリヤは目を細めた。

「光の使者　キュアブラック！」

「光の使者　キュアホワイト！」

「ふたりはプリキュア！」

なぎさとほのかからブラックとホワイトに変身する。二人は息を合わせて言う。

「闇の力のしもべたちよ！」

「とっととおうちに」

しかし、ブラックの決め台詞はそこで打ち切られた。審判台の長く硬い足がブラックをなぎ払うように繰り出されたのだ。ブラックとホワイトはジャンプし、それを避ける。

「ちょっと！　最後まで言わせてよね！」

ブラックはお返しにと審判台を蹴り飛ばした。足が長く、安定感のない審判台はあっさり吹っ飛ばされ、仰向けに倒れた。体勢を戻そうと足掻《あが》くものの、ひっくり返った虫のようになかなか起き上がれない。見かねたベンチのザケンナーが手を貸して、ようやく審判台は立ち上がった。

キリヤが手のひらをブラックとホワイトに向ける。そこから衝撃波が放たれ、二人を襲った。静かな水面に石を放り込んだごとく、空気が丸く歪むのを二人は肌で感じた。

「っ――！」

「わっ！」

二人は目に見えない波動を受け、地面に倒れ込む。

すかさずコートのネットに宿ったザケンナーがブラックとホワイトの元にやってくる。ザケンナーは、立ち上がろうとする二人をくるみ、丸めて宙に浮いた。

「出しなさーい！」

闇色をしたネットの中に二人は閉じ込められる。ブラックは起き上がろうとするものの、宙に浮かんでいるネットの中では上手くバランスが取れない。両手をばたつかせ、踊るようによろける。ついにはブラックはホワイトを巻き込みながら転んでしまった。

「きゃあ！」

「ご、ごめん！」

その様子を見ていた審判台のザケンナーは、２本の足を打ち合わせて大口を開けた。

「ザケンナッ、ザケンナッ」

どうやら笑っているようだ。悔しいブラックは内側からネットを思いきり殴った。

「ムカつくっ！」

しかしネットのくねくねした体は打撃を吸収してしまい、まったくダメージを与えられなかった。

「ブラック！　来るわよ！」

審判台がネットの中の二人めがけて足を上げる。避けようにもこのままでは身動きが取れない。

審判台の足は完全に二人を捉えている。けれどまだ振り下ろされない。なぶるように、空中で動きを止めている。ブラックとホワイトは必死にネットを押したり叩いたりするが、なんの意味も成さない。

「それなら、これでどうだっ！」

ブラックは叩くのをやめ、かわりにネットをくすぐった。10本の指が素早く動き、ネットの隅々を刺激する。

「ザケンナッ」

ネットのザケンナーは初めて反応を示した。びくりと体を震わせる。

「まさか効いてるの⁉」

ホワイトは驚きつつブラックに加勢する。二人で指を動かし、渾身《こんしん》のくすぐり攻撃をかます。

「ザケッザケンナーッ！　ザケンナーッ！」

ネットのザケンナーは悲鳴のような声をあげ、身をよじりながら宙を飛び回る。

審判台のザケンナーは慌てて攻撃を放ったが、もう遅かった。ネットがくすぐったさのあまりじっとしていられず、審判台の攻撃をことごとくかわしてしまう。審判台の足は空をきるばかりだ。

「ザケンナーッ！」

もうこらえられないとばかりに、ネットのザケンナーは二人を吐き出した。

転がり出た二人は片膝をつき、体勢を立て直す。

「ナイス、ブラック！」

「まさかザケンナーにくすぐりが効くとはね」

ネットは力なく地面に伏せ、体をひくひくさせている。当分復活することはなさそうだ。

「まずは1匹。次は――」

「あなたよ！」

ブラックとホワイトは審判台のザケンナーに狙いを定めダッシュした。右からは体を回転させることによって勢いのついたホワイトの蹴りが、左からはブラックのパワフルな正拳が放たれる。どこにも逃げ場はないはずだった。

が、二人の攻撃が審判台に届くことはなかった。ベンチのザケンナーが、審判台に代わって攻撃を受け止めたのだ。ベンチは面積の広い胴体の部分で攻撃を弾き返す。

ブラックとホワイトは地面を蹴ってザケンナーとの間合いを取った。ベンチのザケンナーはまともに攻撃を食らったというのに、まったくダメージを受けていないようだ。審判台は攻撃、ベンチは防御、ネットは捕獲に特化しているらしい。

「少しやっかいなことになりそうね」

ホワイトは呟いた直後、あることに気が付いた。ポイズニーの姿がどこにもない。

「相手はザケンナーだけじゃないんだよ！」

いつの間にか背後に回っていたポイズニーが、二人の背に掌底を打ち込んだ。

二人は衝撃を受け止めきれず、宙に吹っ飛ばされた。息が詰まる痛みに襲われながらも、即座に空中で体勢を直す。足を下にし、上体を起こす。この格好で降りればダメージなく着地できることを、二人は経験で理解していた。

しかし二人の着地地点にはキリヤがいた。キリヤは落ちてくる二人に両手の手のひらを向け、衝撃波を撃った。それによって体勢を崩されたブラックとホワイトは、無防備な状態で地面に叩きつけられた。

「い――っ！」

ブラックの口から思わず声が漏れる。

キリヤは顔色一つ変えずに、二人の近くへ寄る。もはやキリヤがドックゾーンの者であることは疑う余地がなかった。

「キリヤくん、どうして……？　キリヤくんは虹の園のみんなと向き合おうとしてきた。そのキリヤくんが、どうして虹の園を壊せるの？」

ホワイトはどうにか上体だけを起こし、キリヤに言った。

「向き合う？　ボクは虹の園の住人と向き合おうとしたことなんか一度もない。あなたたちの知ってる入澤キリヤは、存在しない人物なんですよ」

「たとえドックゾーンの使者であることを隠していたのだとしても、キリヤくんはキリヤくんよ。一緒にシャボン玉を作った時、キリヤくんはみんなと違うから、分かり合うことはできないって言ったでしょう。そういうことを考えるのは、みんなのことを知りたいっていう気持ちがあったからじゃないの？　プリズムストーンを奪うためだけに虹の園にいたのなら、そんなこと考えもしないはずよ」

ホワイトは必死に訴えかける。キリヤはホワイトの眼差しから逃れるように斜め下を向いた。

「分かり合う必要なんてないんですよ、最初から」

ブラックとホワイトが立ち上がる。キリヤは再び二人に両手の手のひらを向けた。

その時、地面が激しく揺れた。同時に低く大きな音が地中深いところから発せられる。空が赤紫色に変わった時よりも、もっと重量感のある、体の内側に響く音だ。それは地中深くから鳴り始め、徐々に地表へ近づいて来る。

ブラックやホワイト、ポイズニーにキリヤも、立っていることすらままならず攻防は一時中断される。

「グオオオオ――――！」

この世のものとは思えぬ恐ろしい雄叫びと共に、残っていたテニスコートの地面が割れた。真っ二つに裂け、口を広げた地面の奥には何も存在しない。ただ漆黒の暗闇だけが不気味なほどの静けさを湛《たた》えている。

裂けた口はゆっくりと大きくなっていく。暗闇の面積が増え、何もない空間が少しずつ、だが着実にあたりを蝕む。

「これは、ジャアクキング様の力……!?」

キリヤが突然の異変に目を見張る。

「やはりジャアクキング様の力の暴走が虹の園にまで届いているようだね」

ポイズニーが言うと割れた地面の暗闇から丸い何かが飛び出して来た。街中にあった黒いもやを何倍にも濃くしたような、正体不明の塊だ。

それは3体のザケンナーに降り注いだ。ザケンナーは悲痛な叫び声をあげる。

ベンチ、審判台、ネット。それらから紫色を帯びたドス黒い煙のような物体が抜け出し、ただの備品に戻る。

3体のザケンナーは黒い塊に吸収され一つになった。ザケンナーを呑み込んだそれは爆発的に膨れ上がり、天を衝く黒の柱と化した。爆風が起こり、四人は腕で顔をガードする。電信柱の電線が強く揺さぶられ千切れた。

黒の柱はぐねぐねと形を変える。五つの突起が生じ、それは瞬く間に一つの頭と2本の手、2本の足に変化した。

片足で家を踏み潰せてしまえるほど大きな人の形をした影が立ち上がる。それの顔には、鼻も口もない。闇色の体に、赤い目だけが爛々《らんらん》と光っている。その目に射抜かれて、ブラックとホワイトは無意識のうちに後退した。体に悪寒が走る。これまでの相手とは何かが違う。二人の勘はそう告げていた。

「プリズムストーンを寄越せええ！」

巨大な影が叫ぶ。するとその巨体から発生した無数の闇が、隕石のように降り注いだ。狙いはめちゃくちゃで、仲間であるはずのポイズニーとキリヤにも破壊力を持った闇が向かって来る。

四人は一様にジャンプし体を捻って闇を回避する。闇が当たった街路樹や地面は、闇に呑み込まれどこかへ消え失せる。巨大な影から発せられた闇の塊が通った後には何も残らない。生命の息吹を感じられない真っ暗な空間が虹の園を侵していく。

ブラックとホワイトはあたりの景色を見て愕然とした。地面は真一文字に裂け、その周りでは点々と闇が口を開いている。何もない空間には黒いもやが渦巻き、空は不穏な赤紫に染まる。そして目の前には天をも揺るがす巨大な人の形をした影。

もはやブラックとホワイトの知っている虹の園ではなかった。

「あの声はジャアクキング様⁉」

キリヤが巨大な影を見上げて言った。

「プリズムストーンを欲するジャアクキング様の意志が形を持った……」

ポイズニーも遥か頭上を見上げる。

「それならなぜボクたちにまで攻撃を？」

「恐らく、あれは暴走したジャアクキング様の意志のかけら。ジャアクキング様であってジャアクキング様ではない。アタシたちのことも認識してはいないわ。気を付けなさい、キリヤ。あの攻撃をくらったらアタシたちもただでは済まない」

それを聞くとキリヤはブラックとホワイトに手のひらを向けた。

「現状を打開する方法は一つしかない。ボクらがプリズムストーンを奪い、ジャアクキング様の力を完全なものにすればいい。そうすればドツクゾーンの永遠が約束される！」

キリヤの手から衝撃波が発生し、ブラックとホワイトを襲った。

第五章

シゲに鏡をもらってから数日、さなえは落ち着かない気持ちのまま日々を送っていた。シゲはさなえの知っている、不器用だが優しいシゲのままだった。しかしシゲはもう昔には戻れないと言って、さなえの元から去って行った。ガラの悪い男たちと肩を並べてだんだん遠ざかっていくシゲの背中が、さなえのまぶたの裏に焼き付いていた。

さなえの机にはシゲからもらった手鏡が立てかけてある。それを覗《のぞ》くと、見慣れた顔が心配そうな表情を作っていた。

手の中にあるミップルのコミューンを撫《な》でる。父からもらったこの不思議なお守りに触れると、気持ちが少し楽になるような気がした。

「信じるミポ……自分の力を、人の力を……」

また例の声がさなえの心に広がっていく。さなえはそれに頷《うなず》いて応えた。きっとシゲはみんなと同じ場所にまた戻って来られる。自分にできることがあれば、いつでも力になりたい。さなえはそう思った。

ふと大きな足音が廊下を渡って近づいて来た。さなえは見ずともそれが妙子だと分かった。

「さんちゃんっ」

妙子は息を切らしてさなえの部屋に飛び込んで来る。

「そんなに慌ててどうしたの」

妙子は何か早急に伝えたいことがあるものの言葉が出て来ない様子で、意味不明な身振り手振りを繰り返す。さなえはコミューンを机の上に置き、妙子の背中をさすった。

「シゲちゃんが！」

「えっ？　シゲちゃんがどうしたの？」

「シゲちゃんが、死んじゃうかもしれない！」

「えっ⁉」

ようやく妙子の口が意味のある音を発する。その言葉はさなえを凍り付かせた。

「シゲちゃんが今の仲間に、もう抜けさせてくれって言って……そしたら酷いことたくさんされてるって！　ぼろぼろになったシゲちゃんがどっかに連れて行かれるのを見た人がいるの！」

妙子は早口に言い終えると、堰《せき》を切ったように泣きじゃくった。

さなえは妙子から離れ、何かに取り憑《つ》かれたかのような足どりで玄関へ向かった。

妙子は嗚咽《おえつ》を漏《も》らし、置き去りにされたコミューンは静かに沈黙を守った。

さなえは家を出て闇雲に歩いた。どうにかしなくてはいけないと思いつつも、シゲがどこに行ったのか見当もつかない。

焦る気持ちが歩調を速める。ついには足がもつれ、さなえは転んだ。

地面に手をつき、立ち上がる。膝に付いた土埃《つちぼこり》が惨めな気分にさせた。どこからともなく一枚の紙切れが飛んで来て、さなえの体に張り付いた。「ノートパソコン」という文字と、見たことのない四角形のものが写っている。妙に色鮮やかな紙だった。すべての文字と写真に色付けがされている。さなえは目に眩《まぶ》しい広告を物珍しく思ったが、そんなものに構っている時ではない。再び歩こうとして足を踏み出す。

次の瞬間、さなえはまたバランスを崩した。さなえが足を出した先にあったのは固い地面ではなく、黒いもやだったのだ。

さなえは声をあげる暇もなく、黒いもやの中に落ちていった。

キリヤの衝撃波を受け、ブラックとホワイトは家の壁に背中を打ちつけた。息がつまり、体勢を整えられないままコンクリートの路面に落ちていく。

二人は反射的に閉じた目を薄く開いた。おぞましい色の空が映る。

二人はそこに更なる異常を見つけ出し、顔に緊張を走らせた。空から、一点の影がこちらに向かって降って来るのだ。ジャアクキングの意志を持った巨大な闇が、新たな攻撃を放ったのだろうかと思い、二人は注意深くそれを観察する。

空から降って来るそれは、予想外のものだった。それはたしかに少女の形をしていた。

少女はきつくまぶたを閉じたまま、猛スピードで落ちて来る。ブラックとホワイトはとっさに両腕を広げ、彼女を抱き止めた。勢い余って三人もろとも地面に転がる。

「大丈夫⁉」

ブラックが少女に問う。少女は大きな目をまん丸に見開き、きょとんとした表情を浮かべている。

「あなたは？　どうしてここに？」

今度はホワイトが話しかけた。

「わ、私は……」

少女は肩のあたりで切り揃《そろ》えられた黒髪を揺らしブラックとホワイトの顔を見比べる。酷く混乱している様子だ。質問の答えは返って来そうにない。

「ここは危険だわ。どこか安全なところへ！」

「うん！」

二人は見知らぬ少女を安全な場所へ送るため歩き出す。しかしポイズニーはそれを許さなかった。

「よそ見してていいワケ？」

ポイズニーの蹴りがブラックを襲う。ブラックはとっさに腕でガードし、ポイズニーの足を押し返した。

「ちょっとくらい大人しくしてなさいよ！」

ブラックは正面からポイズニーに拳を放つ。左右交互に繰り出される拳はスピードに乗っていて、的確にポイズニーを狙っている。ポイズニーは徐々に後ろへ下がりながら拳をギリギリのところで避けていく。そして一瞬の隙を見つけ、キリヤと同じ衝撃波を撃った。ブラックは下半身に重心を落とし、なんとかそれに耐える。

「ホワイト、早くその人を連れて行って！」

ホワイトは頷き、少女の手を取って駆け出した。

二人は安全な場所を求めて走った。その間もジャアクキングの巨大な化身は無数の闇を放ち、虹の園を喰らっていく。巨体が一歩動くたび、激しい地響きが起きた。

ホワイトはすべてを喰らい尽くす闇から少女を守りつつ、足を動かした。

やがて見つけたのはビルとビルの間にあるわずかな隙間だった。小柄な人一人がやっと入れる細さのそこはいつもならば見逃していたかもしれない。ここならば攻撃に当たる可能性も少ないだろうと考え、ホワイトは少女を押し込んだ。

「しばらくの間ここに隠れていてください」

「あの、私は一体……」

少女は不安そうな瞳でホワイトを見る。ホワイトは一瞬、既視感《きしかん》のような感覚に陥った。前にも同じ瞳に見つめられたことがあったような気がした。

「大丈夫。私たちがなんとかするから」

ホワイトは不思議な既視感を無視して少女に背を向けた。

振り返った先にはキリヤがいた。キリヤはブラックの援護に行こうとするホワイトの前に立ちはだかる。

「キリヤくん、そこをどいて」

「そうしてほしければプリズムストーンを渡せ！」

キリヤの手のひらがまたホワイトに向けられる。衝撃波に襲われ、ホワイトは必死に地を踏みしめた。両腕を顔の前でクロスさせ、少しでも気を抜けば吹き飛びそうになるのをこらえる。

「どうしてこんなことができるの？　自分の都合で他の世界を犠牲にするなんて、許されるはずない！」

ホワイトは絞り出すような声で叫ぶ。けれどキリヤの攻撃はやまない。ずるずるとホワイトの体が退がり、ついに押し負けた。ホワイトの足は地を離れ、建物の隙間に隠れている少女の前に倒れ込む。そこへキリヤが近づいて来る。

「これがボクの運命だからです。闇に生まれた者は闇に生きるしかない。ボクはボクの世界を守るだけだ」

「キリヤくんはそれで平気なの？　運命だなんて言って諦めて、この世界を壊せるの？」

キリヤは何かを堪えるようにきつく拳を握る。

「運命なんて言い訳にしか聞こえない！　キリヤくんは自分の本当の気持ちから逃げてる

だけなんじゃないの？」

「うるさいっ」

　キリヤは拳を振り上げた。が、それを振り下ろす瞬間わずかなためらいが生まれた。ホワイトはその隙にキリヤの足を払い、そのまま勢いに乗って立ち上がった。

　キリヤはバランスを崩しかけたもののしりもちをつくまでには至らず、腰を落として踏みとどまる。

　ホワイトは猛攻に出た。猛攻に出るしかなかった。それが唯一キリヤの二の手三の手を封じる手段でもあった。訴えかけるような拳をキリヤに振るう。しかしそれにブラックほどのパワーはなく、キリヤを捉えることはできない。ホワイトの華奢《きゃしゃ》な拳はキリヤの残像《ざんぞう》を掠《かす》める。けれどホワイトの攻撃は一つのパターンに留まらず、変化に富んでいる。

　突然キリヤの視界からホワイトが消えた。ホワイトが素速い動きでしゃがみ、左足の膝と両手を地面につけた。そのまま左足を軸にしてまっすぐ伸ばした右足を、半円を描くように動かす。半円の孤の上にあるのはキリヤの足だ。ホワイトは再びキリヤに足払いを仕掛けた。

　キリヤは危ういところで飛び上がり攻撃を回避する。避けられた以上、まともに体勢を立て直す時間はない。ホワイトはしゃがんだまま左足で地面を蹴り高くジャンプした。次は建物の壁を蹴り、体を回転させながらキリヤに向かっていく。

キリヤは身軽にバク転し、逃げる。すかさずホワイトの左拳と右足が両方向から飛んで来る。キリヤは右足を摑み、左拳は手のひらで受け止めた。

右足を摑まれたホワイトはあえてキリヤから離れようとせず、左足で飛び上がった。そして右足を持たせたまま、左足の蹴りをキリヤに叩き込む。

「はっ!」

キリヤはとっさにガードしたがその威力を殺しきれず、膝からくずおれた。

キリヤのポケットから、小さなものがこぼれる。ポイズニーが公園の露店で売っていた偽物のハッピーガッパーだ。ショッキングピンクのカッパは転がって、ホワイトの足元にやって来る。

「これは……」

ホワイトは偽ハッピーガッパーを訝《いぶか》しげに見つめた。

「それが本物だったら、ボクの願いは叶《かな》ったと思いますか?」

キリヤは立ち、手の甲で頰を拭った。

「ボクは望んであなたと戦ってるわけじゃない。でもこうする以外、どうしろって言うんです。ボクはボクにできることをするしかない」

キリヤは冷静な顔をしながらも、苦しそうな声で一言一句を絞り出す。その表情と声とのギャップがホワイトの胸を締め付ける。

キリヤが手のひらをホワイトに向ける。その時だった。

「キリヤくん……」

「プリズムストーンはどこだあああ！」

ジャアクキングの化身《けしん》が吠《ほ》えた。恐ろしい雄叫びが空気を砕き、肌を叩く。

ジャアクキングの化身は体を震わせた。闇色の体の表面が、沸騰したようにボコボコしている。化身は両手を天に伸ばし、言葉にならない叫びを発した。すると表面のボコボコが体から分離し、一つ一つが破壊力を持ったあの闇の隕石《いんせき》へと変わった。

闇の狙いはやはりでたらめで、ブラックやホワイトとはまったく違う方向にも飛んで行く。世界が、闇に呑まれていく。

闇は手当たり次第にそこら中のものを貪《むさぼ》りつつ、ホワイトにも向かって来た。背後からもの凄いスピードで降り注ぐそれに、ホワイトは反応が遅れた。気が付いた時には間近に闇が迫り、本能的な恐怖で足がすくんだ。

冷たい、闇の圧倒的な存在感に気圧されて動くことができない。ホワイトの目に映る闇は、ぐんぐん大きくなっていく。

「危ない！」

ある瞬間、ホワイトの視界からそれは消えた。突き飛ばされ、ホワイトが闇の軌道からずれたのだった。突き飛ばされた勢いで頭を打ち、ホワイトは薄目を開ける。

目の前の光景に息が止まった。

キリヤの体がほとんど闇に呑まれている。顔半分と左腕以外、闇の中に埋まってしまっている。

キリヤはまっすぐにホワイトを見つめている。その表情はなぜか穏やかだ。キリヤは口を動かし、ある言葉をホワイトに贈った。

ホワイトはキリヤを闇から引っ張り出そうとして、彼に手を伸ばした。が、ホワイトの手は何も摑めなかった。キリヤは完全に闇に呑まれ、消えた。

ホワイトはぺたんと座り込み、呆けた表情を浮かべた。


一方ブラックはポイズニーと対峙《たいじ》していた。

両者とも息が荒い。ブラックは額から汗を流し、ポイズニーは乱れた髪を後ろへ払った。

ホワイトが少女を連れて行った後、二人は膠着《こうちゃく》状態に陥っていた。ブラックは動きを読まれ攻撃を当てることができない。ポイズニーは防戦一方で反撃に出る機会を得られない。体力だけを消耗するお互い辛い戦況だった。

「いい加減諦《あきら》めなさい。アンタがいくら頑張ろうと、もう虹の園は終わり。見て分かるでしょ」

「わたしとホワイトが諦めない限り、終わりなんかじゃない！」

ブラックは力強く反論した。ホワイトは少女と走って行ったきり帰って来ない。ポイズニーを相手にしながらも、ブラックはホワイトが気がかりだった。

「あっそ。じゃあお友達と一緒にずうっと戦ってれば？　闇の中でね！」

ポイズニーが攻撃に出る。指先を揃えて伸ばし、ブラックを突き刺そうと狙った。当たりどころによっては拳によるパンチよりも大ダメージとなり得る。ブラックは突き出されたポイズニーの指先に全神経を集中させる。

上体を後ろに反らし、攻撃を避ける。ブラックの鼻の数ミリ上をポイズニーの指が通過していく。ブラックはそれを確認すると勢いよく上体を起こした。

そこで思わぬことが起こった。ブラックが体を起こした先には、ポイズニーの顔があった。ブラックとポイズニーの額が鈍い音を立ててぶつかり合う。

「いっ」

「ったー！」

二人は同時にうめき、額を押さえる。

「この、石頭！」

ブラックが恨めしそうに言った。

「それはこっちの台詞《せりふ》だよ！」

ポイズニーのダメージはブラックよりも深刻そうだ。表情は歪《ゆが》み、目には生理的な涙が滲《にじ》んでいる。

ブラックは痛みを堪えながら、どうにか拳を握り直した。このアクシデントをチャンスに変えるため、ポイズニーの懐に飛び込んでいく。

スピードに乗った拳を繰り出す。力強い一発だったが、すでに見切られた攻撃。簡単にかわされてしまう。それでもブラックは怯《ひる》まずに拳を放ち続ける。左、右、左、右……と単調な攻撃を何度か繰り返した後、下からポイズニーの顎を狙ったパンチを打った。

ポイズニーは体を引いてそれをかわす。その時ポイズニーはブラックの隙を見つけた。ブラックの右腕は上へ向かって伸びきっている。今ならガードはできない。ポイズニーはがら空きになったブラックの右半身を狙って蹴りを入れた。

しかしブラックの反射能力はポイズニーの予想を超えていた。ブラックがポイズニーの足を両腕で摑み上げる。そして体を回転させ、遠心力のついた状態でポイズニーの足を放した。ポイズニーは吹き飛び、街路樹に激突した。

そこでジャアクキングの化身が吠えた。雄叫びと共にすべてを喰らい尽くす闇が降ってくる。

「ブラック、あれに当たってはいけないメポ！」

「あのやばいやつね」

ブラックは360度に気を張り、降りしきる闇をかわした。

吹き飛ばされたポイズニーは立ち上がるのに数秒の時間を要した。それはこの場において致命的な長さだった。四方八方から飛んで来る闇を、ポイズニーは避けられなかった。ポイズニーの体は一瞬にして闇に呑まれ、地上から去った。

ブラックは闇の力を目の当たりにし、生唾《なまつば》を飲んだ。ポイズニーをいとも簡単に消し去り、地面や建物を蝕《むしば》む。何もないただの真っ暗闇が、先ほどまでよりもさらに多くの口を開けている。

「ホワイトのところに行かなきゃ……！」

ブラックはまっさきに友の身を案じ、駆け出した。

ホワイトはすぐに見つかった。遠目にホワイトを発見したブラックは安心してその名を呼んだ。

「ホワイトー！」

けれど安心したのは束の間で、ホワイトに近寄るとまた新たに不安が押し寄せた。ホワイトはブラックの呼びかけに反応せず、地面にへたり込んでいる。どう見ても様子がおかしい。

た。

「ホワイト、どうしたの？　何かあった？」

ブラックがホワイトの肩を軽く揺さぶる。ホワイトはようやくブラックの方へ顔を向け
「キリヤくんが、闇に呑まれて消えちゃったの」

ホワイトの声は震えていた。その表情には強い怯《おび》えが表れている。

「そんな……キリヤくんが……」

「私のせいなの。私を庇《かば》ったせいで……」

ブラックは今にも泣き出しそうなホワイトの手を優しく包み込んだ。

「わたしたちのしなきゃいけないことは何か、分かるでしょ。悲しむのは後にして、今はあいつを倒すの。そうしなきゃもっとたくさんのものを失うことになっちゃう」

「負けないでミポ！」

ミップルもホワイトの腰にあるポーチから声をかける。

少しの沈黙の後、ホワイトは唇を噛《か》みしめブラックの手を握り返した。

立ち上がり、巨大なジャアクキングの化身を見上げる。

「プリズムストーンを、私たちの虹の園を、あなたの好きにはさせない！」

ホワイトの宣告を合図にして二人は走った。

ブラックは化身の右腕から、ホワイトは左腕からそれぞれ巨体を駆け上る。首の付け根

のあたりに到着し、二人はその両側から攻撃を仕掛けた。

「だだだだだだッ！」

ブラックが連続して幾度も正拳を打ち込む。しかしいくら攻撃を重ねてもまるで手答えがない。闇でできた体は実体がなく、ブラックの拳は何も打つことができなかった。当然相手もダメージを受けている様子はない。

反対側でホワイトも攻撃に出たが、結果は同じだった。

ジャアクキングの化身、闇の集合体が体を震わせる。二人は呆気《あっけ》なく振るい落とされた。少し体を揺すっただけなのにそのパワーは凄まじい。体重の軽い二人は近くにあった建物の窓を割り内部にまで吹き飛ばされた。

「全然、効いてない……？」

ホワイトは呟《つぶや》いた。二人が飛ばされたのは無人の倉庫らしき部屋だ。元はきちんと積み上げられていただろう段ボール箱の山が、飛び込んで来た二人によって崩され、埃《ほこり》を舞い上がらせている。

二人は破れた窓に目をやった。小さな窓は完全に闇の集合体で覆われている。そしてそれもジャアクキングの化身のほんの一部でしかない。二人は改めて相手の強大さを感じた。

「こんなやつ、どうやったら倒せるって言うの⁉」

ブラックが言うと、メップルが口を開いた。

「プリキュア・マーブル・スクリューを撃つメポ！」

ブラックとホワイトは目を合わせて無言のうちに同意した。最後の切り札に賭け、窓の外に出る。

地上に降りた二人は声高く叫んだ。

「ブラックサンダー！」

「ホワイトサンダー！」

黒と白の稲妻が発生し、二人の手に集約される。

「プリキュアの美しき魂が」

「邪悪な心を打ち砕く！」

ブラックとホワイトは手を握り合った。

「プリキュア・マーブル・スクリュー！」

マーブル状に絡み合った黒と白のエネルギーが、ジャアクキングの化身めがけて一直線に向かう。

化身は大きな手でそれを受け止めた。闇の手に触れたプリキュア・マーブル・スクリューは光を失い、赤紫に変色する。化身の側から、不気味な赤紫色は徐々にマーブル・スクリュー全体を覆っていく。

二人は押し負けまいと、ありったけの力を込める。しかし、ついに赤紫色の侵蝕《しんしょく》は二人の手元にまで達した。冷たい電流を流されたような、針で全身をさされたような、形容しがたい痛みに襲われる。二人は命そのものが蝕まれ悲鳴をあげるのを感じた。

「やめてえええっ！」

「いやあああっ！」

二人は倒れた。冷たい嫌な汗が背中を伝う。

二人の体力はすでに限界を超えていた。3体のザケンナー、キリヤ、ポイズニー、ジャアクキングの化身。それらを続けざまに相手にし、体が鉛のように重くなっている。切り札であるマーブル・スクリューが効かなかったのも精神的なダメージとなった。

「絶対……諦めない！」

ブラックはそれでもなお立ち上がる。

「みんなに、手出しはさせないわ！」

ホワイトもブラックに続いた。

倒れ、立ち上がる。この動作を今日だけで何度繰り返したか分からない。ブラックとホワイトはちょっとでも気をゆるめれば力の抜けてしまいそうな足で体を支える。

壁と壁の隙間に隠れた少女は、目の前で繰り広げられる戦いの様子をずっと見ていた。

初め、少女の心を支配していたのは混乱だった。通い慣れた道を歩いていたはずが、いきなり見知らぬ場所へ移動してしまったことへの混乱。その次に現れた感情は恐怖だった。

戦争を体験した少女が、再び凄まじい戦いに巻き込まれたことへの恐怖だ。

　そして今、恐怖で満たされた彼女の心にまた違う感情が差し込んで来た。いくら転んでも必ず起き上がるブラックとホワイトの姿は、少女の胸に熱いものを込み上げさせた。

「なぜそこまでして、この世界を守ろうとする」

　ジャアクキングの化身が、地の底から響くような声で言った。

「この世界にそんな価値はない。いくら誰かを大切に思ったところで、相手はいつかお前たちから離れていく」

　ブラックとホワイトはとっさに返す言葉が見つからなかった。ブラックの頭には誰かと肩を並べて歩く藤村が、ホワイトの頭には闇に呑まれるキリヤの姿がよぎった。

「そんなのどうでもいいわ！」

　二人はふって湧いた声に驚いた。振り返った先には突然現れたあの少女がいる。

「私は生きたい！　大切な人にも生きてほしい！　ただそれだけよ」

　少女は恐怖で体を震わせながらも、はっきりとした声で言い放った。

　少女の言葉を聞くと、ホワイトは目の覚める思いがした。

「……私は光の使者、キュアホワイト」

「わたしは光の使者、キュアブラック」

　それはブラックも同じだ。二人は少女の言葉を肯定する意味を込めて、ジャアクキングの化身を指差した。

「闇の力のしもべたちよ！」

「とっととおうちに帰りなさい！」

家族、友達、クラスメート。みんなと過ごすいつもの日々を取り戻すため、二人は最後の力を呼び起こした。

「ブラックサンダー！」

「ホワイトサンダー！」

重い疲労感に、二人の視界がぼやける。しかし体の真ん中を突き抜ける気持ちの強さは、どんな時より確かだった。

「プリキュアの美しき魂が」

「邪悪な心を打ち砕く！」

二人はぎゅっと手を繋《つな》ぐ。

「プリキュア・マーブル・スクリュー！」

2度目の攻撃が巨体に向かってほとばしる。化身はやはり片手を前に出し、それを受け止める。先ほどと同じようにマーブル・スクリューの光が涸れ、赤紫色の闇に染まっていく。

「お願い……っ」

ブラックとホワイト、どちらともなく呟いた。二人はあらん限りの力を込め、メップルとミップルはそこに思いを重ねる。

光と闇がぶつかり合い、一進一退を繰り返す。少女はその様子を見ながら強く祈った。

負けないで――。

実際に口に出されることはなかった祈りの言葉が、ミップルには聞こえたような気がした。その途端ミップルは自らの内側から、力が溢れ出るのを感じた。ミップルの力はマーブル・スクリューに流れ込み、それを後押しする。

ブラックとホワイトは何かが変わったことを肌で感じた。いける。そう信じ、気力を奮い立たせる。

少しずつ光が闇を押していく。闇はじりじりと後退する。

「いっけえええええ！」

二人が叫び、光は完全に闇を圧倒した。ジャアクキングの化身の大きな体すべてを光が包み込む。

「グアアアアアアー！」

ジャアクキングの化身は絶叫し、消えた。

第六章

さなえは灰色の扉の前に立っていた。扉の横には201と書かれたプレートが貼ってある。

ここは街はずれにある事務所向けのビルだった。その2階にはガラの悪い男たちが出入りする怪しげな一室がある。それはこの街の人間ならば、一度は聞いたことのある噂だった。シゲの仲間たちは、ここを拠点としているに違いない。

さなえは息を吐いて、うるさく鳴る心臓を抑えた。シゲがボコボコにされどこかへ連れ去られたという話を聞いてからすでに3日が経っている。あの時さなえはシゲを探し求めて街を走っていた。だがその記憶は途中でふっつり途切れている。気が付いたら自宅の布団に寝ていた。なんでも家の近くで倒れているのを発見されてから丸2日も寝込んでいたらしい。何かもの凄い体験をしたような気がするのだが、詳しいことは何も思い出せなかった。

さなえが目覚めた後尋ねてみても、シゲがどうなったのか知っている人は誰もいなかった。だからさなえは直接その仲間たちにシゲの安否を問いただそうと決意した。そしてシゲに理不尽な暴力を振るった彼らに抗議しなければ、気持ちが収まらなかった。

さなえの手が扉をノックしかける。その手は小刻みに震えていた。ここまでいきり立って来たものの、いざとなると恐怖が勝る。

「待って」

背後から声をかけられてさなえはビクッとした。

恐る恐る振り返ると、そこには妙子とお向かいのおキクおばさんがいた。その後ろにはたくさんの見知った顔がある。みんな子供の頃から知っている、街の人々だった。

「妙子ちゃんからシゲちゃんのことを聞いたよ。私たちも一緒に行かせてくれないかい」

おキクおばさんが言う。

「ひねくれちまってもシゲはシゲだ。ほっとけねえさ」

そう言ったのはシゲたちに襲われてケガをした酒田のおじさんだった。

「水くさいよさんちゃん。自分一人でどうにかしようなんて。さんちゃんもシゲちゃんも、私たちの大切な友達なんだよ」

妙子が笑った。

「みんな……」

さなえは目を見開き、大きなまばたきを一つした。それから強い意志を瞳に宿し、頷《うなず》く。

さなえの手が扉を叩いた。

部屋は広かった。三人掛けのソファーが向かい合わせに置かれ、その間に黒いテーブルがある。奥には一人掛けの立派なソファーと、大きな机。机の隣には扉があり、他にも部屋があるようだった。

三人掛けのソファーには、若い男が一人ずつ、奥の立派なソファーには角刈り頭の中年男が座っている。全部で三人だ。その位置関係と、角刈り頭の男が発する周りを圧倒する

ような存在感から彼がボスであるらしいことが窺《うかが》える。

「なんだてめえら⁉」

二人の若い男はすぐに立ち上がった。恐ろしい形相でさなえたちを睨《にら》みつける。

先頭にいるさなえは、真っ向から彼らを見返した。けれど実際のところ、その足はすくみ、立っているのもやっとだった。

「シゲちゃんをどうしたの？」

シゲの名前を聞くと、彼らは軽薄な、しかし凄みのある笑みを浮かべた。

「あんなヤツのためにわざわざ大勢で押しかけて来たのか。ご苦労なこった」

「あの野郎、さんざん面倒みてやったのに恩を忘れて、オレらと縁を切りたいとか言いやがった。こっちにもメンツってもんがあるんでね、そんな舐《な》めたこと言われたら相応の報いを受けさせせねえといけないんだよ」

若い男の一人は含みのある言い方で答える。さなえは頭に血が上るのを自覚した。

「シゲちゃんを返して！」

さなえが語気を強めて言い返すと、男たちはおもしろくなさそうな表情を作った。

「お嬢ちゃん、あんまり調子に乗ってると痛い目みることになるぜ」

「シゲちゃんは自分の間違いに気付いて、元の場所に戻って来たがってる。あなたたちにそれを邪魔する権利はないわ」

さなえは脅しにも退かない。二人の男は額に青筋を立てた。

「この……っ」

男たちが拳を握る。するとおキクおばさんが、すっとさなえの前に出た。

「これを見てちょうだい」

おキクおばさんは手に数枚の写真を持っている。そこには説明会にいたアオイデパートの社員と、シゲや目の前にいる二人の男などが一緒に写っていた。アオイデパートの社員が角刈り頭の男に封筒を渡している写真もある。

「あなたたちはアオイデパートと結託して、立ち退きに反対する人を襲っていたね。そこに人が住んでようとお構いなし。無理矢理追い出して強引に手に入れた土地を、今度はそれを欲しがってる人たちに売りつける。買う方も買う方さ。知ってて知らないフリを決め込んでるんだから。この人たちとあのデパートはそういう関係なのさ」

二人の男は言葉を詰まらせた。表情に明らかに動揺の色が浮かんでいる。

「でもこの写真が世に出回れば、アオイデパートは困ったことになるんじゃないかね。あなたたちにとっても得にはならないはずだよ」

おキクおばさんがそう付け加えると、男の手が動いた。

「こっ、こんなもの！」

男はおキクおばさんの手から写真をむしり取り、破った。数枚の写真はびりびりと破ら

れ、紙吹雪のように散る。

「力で人を思い通りにしようなんて……絶対許せない」

さなえが静かな怒気を湛《たた》えて呟《つぶや》いた。

「あなたたち、とっととおうちに帰りなさい！」

さなえはびしっと男たちを指差した。

水を打ったような沈黙が広がる。指差された男たちは怒るのも忘れてきょとんとしている。この場にいる全員の頭の中に疑問符が浮かんだ。

「おうちに……？」

「帰りなさい？」

さなえは我に返って口を押さえた。頬が赤くなる。

なぜこんな台詞が突然飛び出したのか、自分でも分からなかった。

ふと、部屋の奥で一人掛けのソファーに座っていた中年の男がため息のような笑いを漏らした。

それまで黙っていた彼はテーブルに肘を突いた。革張りのソファーが微かに軋《きし》む。

角刈り頭の男は、さなえを見て言った。

「周りがいくら頑張ったところで、どう生きるかは結局本人が決めるしかねえぜ」

男は低い声で続ける。

「自分じゃ筋の通った生き方してるつもりでも、世間様のお気に召さなきゃ後ろ指さされることになる」

さなえは何も言えなかった。彼の放つ圧迫感がさなえや街の人々を黙らせる。

「世の中ぁ、これからドンドン変わる。新しいもん作りたきゃ、古いもん潰して行かなきゃならねえ。俺たちはいわばその露払いをしてやってるんだ。この世は持ちつ持たれつさ。それがこの社会の仕組みってもんなんだよ、お嬢ちゃん」

「そんな……。そのために誰かがケガをして、それを心配する人たちも傷ついて……。そんな……そんな仕組みなんか、私は要らない！」

さなえは一瞬恐怖心も忘れて、きっぱりと言い放った。誰かが受けた傷はその人だけのものじゃない。周りの人も巻き込んで、悲しみは広がっていく。それを知るさなえから出た、必死の訴えだった。

男はしばらく黙った後、唇の片端をわずかに上げた。

「おい、あんなお荷物背負ってたところで面倒なだけだ。返してやれ」

彼は二人の若い男に命じた。男たちはさなえたちを睨み、しぶしぶといった雰囲気で奥の部屋に繋がる扉を開けた。

数十秒後、男たちに支えられて出て来たのは傷だらけのシゲだった。シゲは腫れた目でみんなを見ると、照れくさそうに唇を歪ませた。

「シゲちゃん！」

皆でシゲに駆け寄る。シゲは口元に付いた血を拭い、角刈りの男に一礼した。

「お世話になりました」

男は興味なさそうな顔で、虫でも追い払うかのように手を振った。

シゲを中心に、街の人々が列を成して歩く。みんなの顔は喜びと安堵《あんど》で輝いていた。

「すっごく心配したんだから！　もう二度とこんな心配かけさせないでよね」

妙子がシゲに話しかける。

「あ？　頼んでねえよ」

シゲは睨《にら》みを利かせて返した。妙子は小動物のように怯《おび》えてさなえの陰に隠れる。

「シゲちゃん、そういう言い方はよくないわよ」

そう諭すのはおキクおばさんだ。

「そうだ。お前にやられた治療費、出世払いしてもらうからな」

酒田のおじさんが冗談半分、本気半分に言う。

シゲは真面目な表情になって姿勢を正した。

「はい。本当にすみませんでした。ご迷惑おかけしました」

シゲの隣を歩くさなえは、手をこすり合わせ、まだ止まらない体の震えを抑えようとしている。あの場にいた時よりも、今になって恐怖心が襲って来た。

「怖かった怖かった怖かった〜」

ケガをしているシゲより、さなえの足どりの方がおぼつかない。そんなさなえをシゲはからかった。

「さんちゃんは弱虫だな」

「誰のせいだと思ってるのよ」

さなえはさすがにムッとして、シゲの腕を叩いた。服の袖に隠れていて見えなかったが、そこはケガのある箇所だったらしい。シゲはうめいてそこを押さえた。今のはシゲちゃんが悪い、と誰かが呟いて、みんなはどっと笑った。

「結局、アオイデパートはどうなるのかな」

妙子が皆に問いかける。それに答えたのはおキクおばさんだった。

「大丈夫、あの写真のネガはちゃんと取ってあるよ。もう無理矢理私たちの場所を奪おうとはしないはずさ」

「そういえばあの写真は、どうやって撮ったんですか？」

妙子に尋ねられると、おキクおばさんは目の無くなる笑い顔を見せた。

「それはおばさんのヒ、ミ、ツ」

「えーっ、何それー？」

妙子が大きな声をあげた。

一行は目的地もなく街を歩く。薬局の看板、酒屋さんの前に積み重なっている酒瓶のケース、道を横切る三毛猫。珍しくもなんともないものたちだが、どれを取っても思い入れがある。街は生き物のようにみんなを包み込んでいた。

家の近くまで来た者は列から離れていき、お祭り騒ぎだった集団も少しずつ小さくなっていく。

さなえたちは長い坂の前を通りかかった。てっぺんに欅《けやき》の木のある、あの坂道だ。さなえは坂道を見上げた。急勾配の坂道のてっぺんには、いつも通り欅の影が見える。

さなえは立ち止まった。欅の隣に、もう一つ影がある。大人の男の人のようだ。その人は一歩一歩坂を下り、さなえたちの方へ近づいてくる。背にはずいぶん大きなリュックを背負っている。

さなえの胸が、恐怖とは違った種類の高鳴りを覚えた。

さなえはその人影に向かって走った。まさか、まさかという思いは、その人との距離が近づくにつれて確信に変わる。さなえはいつしか全速力で坂を駆け上っていた。

「お父さん！」

さなえは父に抱きついた。汗と埃《ほこり》の臭いが鼻をつく。それでも構わず、さなえは父の肩に顔をこすりつけた。

「さなえかい？　ははっ、大きくなったなあ」

父はさなえの髪を不器用に撫《な》でた。何度も思い返した記憶の中の声と、今耳元で発せられた声がピタリと一致する。目頭が熱くなり、さなえは涙を零《こぼ》した。

「ごめん、すっかり帰りが遅くなってしまった。心配かけたな」

「うん、うん。もういいの。帰って来てくれたんだもん」

さなえは溢《あふ》れてくる涙を拭《ぬぐ》った。

坂の下から、みんなが上ってくる。誰もが驚愕《きょうがく》の表情で、口々に何かを叫んでいる。

父は手を振ってそれに応じた。

「お父さんが帰って来たよ」

さなえはポケットの中にあるコミューンに、そっと語りかけた。しかし心の中に響いてくる声は返って来ない。

さなえはふと、あの声を聞くことはもう二度とないような予感がした。すべては自分の思い込みだったのかもしれない。

それでもさなえはさびしくなかった。さなえは父と手を繋ぎ、みんなの方へ歩き出した。

放課後、ベローネ学院女子部のグラウンドにラクロスのボールが舞う。青く澄んだみずみずしい空の下、ボールはゆるやかな放物線を描く。

なぎさがラクロススティックを掲げる。ボールは自らの意志でなぎさを選んだかのように、ボールはスティックの網へ収まった。

なぎさの前にいるゴーリーが腰を落として警戒する。なぎさは一瞬にして最も守備が薄い箇所を探す。それは目で見つけ出すというより、体が勝手に反応するような感覚だ。一点に狙いを絞りスティックを振るう。

ボールはゴーリーの脇をすり抜けて、ゴールに入った。

練習終了の笛が鳴る。

なぎさはベンチに置いてあったタオルを首にかけ、大量の汗を拭った。プレー中はさして気にならないが、いったん動きを止めると急に汗が溢れ出てくる。

水道の蛇口を逆さにして水を飲む。水は生ぬるく、汗はまったく引かない。

「なっぎっさー！」

「ぶふっ！」

いきなり背中を押され、なぎさは飲んでいた水を吹き出した。

「志穂ー！」

なぎさは勢いよく振り返る。志穂は意外そうな顔をしてなぎさを見返した。

「すごいすごいすごい。なんで見ないうちからあたしだって分かったの？」

「こんなことするの志穂しかいないもん」

なぎさは当然、といった面持ちで言う。志穂の隣にいる莉奈もなぎさに同意した。

「たしかに。そんな子供っぽいことするの、志穂しかいないいしい」

莉奈は完全に悪ふざけで志穂をからかっている。

「莉奈だって同い年じゃん！　子供じゃん！」

志穂は強い口調とは裏腹に、笑顔で言い返した。

「志穂よりは大人ですう～」

「わたしも志穂よりは大人～」

なぎさもおふざけに乗っかって志穂をいじる。志穂は芝居がかった動作で顔を背けた。

「二人とも、あたしにそんなことを言っていいのかな？」

なぎさと莉奈は志穂の意図が分からず首をかしげた。

「じゃーんっ。デザートバイキングご招待券！」

志穂が4枚の紙をポケットから出し、二人に見せつけた。それは先日、志穂が持ってきたチラシにあったデザートバイキングの招待券だった。

「お母さんが新聞の契約してもらったのだ。さあ愚民どもひれ伏しなさい！」

４枚の招待券を扇子のようにして顔をあおぎ、志穂は二人を見下ろした。

「ははーっ」

なぎさと莉奈は言われた通り地面に膝をついてひれ伏した。

「志穂様、なんなりとご命令を」

なぎさは目を輝かせて祈り手を組む。

「志穂様、汗を拭いて差し上げます！」

莉奈が志穂の額をうやうやしく拭いた。

「志穂様、今日は一段と可愛いでございますです」

「短めの前髪がとってもキュートです。ブーム間違いなしです」

「おめめパッチリでみんなが嫉妬しちゃうです」

「ゴージャスでグラマラスでラグジュアリーです」

次々と白々しい台詞を吐くなぎさと莉奈に、志穂は顔をしかめた。なぜだか少しも嬉しくない。むしろ気味が悪いくらいだった。

「分かった。お願いだからもうやめて。4枚あるから雪城さんも誘う？」

「うん、絶対喜ぶよ！」

なぎさが招待券を受け取る。招待券には宝石のように輝くゼリー、チョコレート、ケーキ、フルーツが写っている。それらを好きなだけ食べまくる自分を想像し、なぎさは思いきり頬をゆるませた。

「楽しそうだね」

　そこに藤村が通りかかった。油断していたところに思わぬ人が現れて、なぎさはふぬけた顔のままフリーズする。

「藤P先輩！　見てください、デザートバイキングの招待券」

　莉奈が藤村に招待券を見せる。

「へえ、女の子って本当にこういうの好きだよね」

　藤村は笑顔で返す。

　フリーズから解かれたなぎさは、なるべく藤村に顔が見えないよう下を向いた。

　昨日、母に日焼けしたわねと言われたばかりだったのだ。藤村が色白な子が好きという情報を聞いているなぎさは、あまり顔を見られたくなかった。

「藤P先輩、焼けましたねー」

　なぎさの心情を知らない志穂がなにげなく言う。

「外の部活だからね。日焼けくらいした方が、夏って感じだろ？」

「でも風の噂《うわさ》で先輩は色白な子が好きって聞きましたけど」

　志穂が尋ねると藤村はきょとんとした表情を浮かべた。

「俺が？　とくにそう思ったことはないけど」

「……え？　じゃあこの前一緒にいた人は？」

藤村の予想外な返事に驚き、なぎさは考えるよりも早くそう口走っていた。

「この前って……ああ、もしかしたら生徒会の書記の子かな。たまたま帰る方向が一緒だっただけだけど……というか、声かけてくれればいいのに」

なぎさの中に複雑な感情が発生する。嬉しいような、馬鹿馬鹿しいような、安心したような。様々な思いが渦を巻き全身を駆け抜け、最後は口から飛び出した。

「全部勘違いだったってこと⁉　有り得なーい！」

なぎさの叫びが平和な街に響いた。

キリヤとポイズニーは闇の中にいた。闇に生きる彼らさえも蝕むほどの、深い闇に。目を開けることも、手足を動かすこともできない。真っ暗な空間を漂いながら、二人は自らの体が少しずつ無に還っていくのを感じていた。

ふいに何かが近づいてくる。それは闇に沈んだキリヤとポイズニーの手を取った。二人はそれに引っ張られて闇の中を進む。海底から水面へと上昇していくように、一定の方向を目指して進んでいく。

闇は徐々にその濃度を薄めていった。身動きのできなかった体が軽くなり始める。ある瞬間、二人は重い衝撃を感じ、体の自由を取り戻した。

「危ないところだったな」

キリヤとポイズニーが目を開ける。視界に映ったのは馴染《なじ》みのある景色、ドックゾーンだった。目の前には逆さまのイルクーボが立っている。

二人は仰向けの状態から立ち上がり、あたりを見回した。

虹の園へ向かう前、ドックゾーンはジャアクキングの暴走により壊滅寸前の状態だった。しかし今はそれも落ち着き、冷たい静寂に満ちた元のドックゾーンに戻っている。

「あれからどうなった？」

キリヤがイルクーボに問うた。

「虹の園に現れたジャアクキング様の化身は、例の二人によって退けられた。ジャアクキング様は暴走した力を使い果たし、お休みになっている」

キリヤはイルクーボの視線の先に目をやった。闇の象徴であるジャアクキングが遠くに見える。苦しげなうめき声も今は聞こえない。

「結局すべて元通りってわけね」

「いや、そうでもないよ」

キリヤは独り言のように呟いた。

キリヤたちの頭上にあるのは、何も生み出すことのないドックゾーンの闇だ。キリヤは目をつむった。虹の園の青い空が、キリヤのまぶたの裏を染める。

ポイズニーはキリヤの肩にそっと手を置いた。

ほのかは縁側に腰掛け、あさっての方に目を向けていた。その目には何も映っていない。庭の緑も、気遣わしげにうろつく忠太郎も、ほのかを慰めてはくれなかった。半身を闇に呑《の》まれたキリヤの顔が、ほのかの心を埋め尽くしている。

「やっほー、来ちゃった」

なぎさの声だった。いつの間にか門の中に入っていたなぎさが、庭を抜けほのかの元へ歩み寄って来る。

ほのかの前まで来ると、なぎさはふっふっふっという含み笑いを漏らした。

「今日ね、すっごくいいものもらっちゃった」

なぎさはそう言って、後ろ手に隠していたデザートバイキングの招待券をほのかに突き出した。

「見て！　デザートバイキングのタダ券！　最近できたとこでさ、めちゃめちゃおいしそうなんだ～。なんとチョコレートの蛇口があるんだって！　でも結構高くて、中学生のお財布にはキツいかなあと思ってたら、志穂が四人ぶんの券をもらったの！　ね、ほのかも一緒に……」

なぎさはそこで言葉を切った。ほのかは落ち込んだ顔つきでなぎさを見つめている。どんなに暗い気分も一瞬で吹き飛ばす最強アイテムとして用意した招待券だったが、役に立ちそうにない。招待券を持つなぎさの手がおずおずと下がる。

「……そういう気分じゃない、よね」

なぎさは無理にテンションを上げるのを止め、ほのかの隣に座った。

「まだキリヤくんのこと整理できてないの。ドックゾーンの使者だったことにも驚いたけど、私のせいであんなことになって……」

ほのかは弱々しい声で話す。

なぎさは返す言葉を探して下を向いた。こういう時、なんと言えばいいのかいつも迷ってしまう。相手を思う気持ちはたしかにあっても、それをピタリと言い表す言葉はなかなか見つからない。

ほのかの膝と自分の膝が二つずつ並んでなぎさの目に映る。

「キリヤくんはそんな顔をさせるためにほのかを助けたんじゃないと思う」

少しの沈黙の後、なぎさは口を開いた。

「キリヤくんは、きっとここでの暮らしがとっても楽しかったんじゃないかな。本来の目的よりもほのかを選んじゃうくらい」

ほのかは浮かない表情のまま、何も答えない。なぎさは語気を強めた。

「もう、うじうじしない！　ほのかはね、わたしの大好きな友達なの。ほのかが闇に呑まれてたら、もう二度とわたしと遊べなかったんだよ？　そんなの嫌でしょ？　わたしは絶対に嫌。だからほのかは助かって良かったの！」

ほのかは思わず顔を上げた。なぎさの言うことがあまりにむちゃくちゃで、呆気《あっけ》に取られてしまったのだ。

同時にほのかの心の中を支配していたキリヤが、ありがとうと口を動かした。ショックのあまり忘れていたが、あの時キリヤはたしかにありがとうと言っていた。ほのかはそれを今思い出した。

「……なぎさったら」

ほのかは困ったように笑った。

「キリヤはまだどこかにいるはずだメポ」

メップルがポーチから飛び出した。元の姿となり、なぎさとほのかの間に立つ。

「キリヤは闇から生まれた者だミポ。闇によって受けるダメージは、ほのかたちよりもずっと少ないミポ」

ミップルも元の姿になりポーチを出た。メップルの隣に寄り添う。

「だってさ。今度はキリヤくんとゆっくり話してみようよ。キリヤくんならプリズムストーンを渡すことはできないって、分かってくれるかも」

ほのかは頷いてなぎさの言葉を肯定した。

「今みたいになぎさのボケがいい方へ働けば、案外簡単に分かってもらえるかもしれないメポ」

「ボケって何よ。わたしがいつボケたっていうわけ」

「自覚のないところがまたボケてるメポ」

「なんですってー？」

なぎさは握り拳を作ってメップルを睨《にら》む。

「なぎさが怒ったメポ！」

メップルはミップルと手を繋《つな》ぎ、庭のどこかへ逃げて行った。

「もう、いつも生意気なこと言ってばっかり」

なぎさがため息まじりに呟《つぶや》き、ほのかは苦笑した。

そこへ廊下の角からさなえが姿を現した。さなえはいつもと同じ優しげな笑みを浮かべ、ゆるやかなウェーブのかかった白髪をまとめている。

「あらなぎささん、いらっしゃい」

「お、お邪魔してます」

なぎさとほのかはドキリとして庭を見た。幸いなことに、メップルとミップルはここから見えない場所にいるようだ。二人はメップルとミップルが長々と愛を囁《ささや》き合うよう祈る。

「お話し中ごめんなさいね。ほのかにこれを渡そうと思ったの」

さなえは持っていたものをほのかに渡した。それは銀色の手鏡だった。背面にはよく光る半透明の石がたくさん付いていて、一輪の花を形作っている。持ち手の部分はところどころ錆《さ》び付いているが、鏡の面は美しく磨き上げられている。

「これ、どうしたの？」

ほのかは石を指先で撫でた。ひんやりした感触が心地いい。

「私のお友達に頂いたの。私がまだ若い頃にね。どこにしまったか忘れていたのだけど、この間蔵の中のものを虫干ししたでしょう。その時に出て来たのよ」

「可愛い鏡ね」

ほのかはさなえを見上げて言った。

「なんかその鏡、ほのかによく似合うね」

繊細だが大胆な装飾は、ほのかのイメージにぴったりだった。

「気に入ったならあげますよ」

さなえはどこか嬉《うれ》しそうだ。

「うん、嬉しい」

ほのかは鏡の面を表に向けた。いろいろと角度を変えてみる。

青い空、緑の生えた地面、住み慣れた家。さまざまな額縁の中に穏やかな表情の三人が映る。
そこにはなぎさとほのかが守りたかったもののすべてがあった。

（終）

小説 ふたりはプリキュア　新装版

原作
東堂いづみ

著者
鐘弘亜樹

イラスト
稲上 晃

協力
金子博亘

デザイン
装幀・東妻詩織（primary inc.,）
本文・出口竜也（有限会社 竜プロ）

鐘弘亜樹 | Aki Kanehiro

東京都出身。『小説 仮面ライダーディケイド 門矢士の世界〜レンズの中の箱庭〜』『フェアリーフェンサー エフ〜砂塵のマントを纏う者たち〜』を執筆。
趣味は読書、映画鑑賞、うさぎ。

講談社キャラクター文庫 018

小説《しょうせつ》 ふたりはプリキュア　新装版《しんそうばん》

2023年2月8日　第1刷発行

KODANSHA

著者	鐘弘亜樹《かねひろあき》 ©Aki Kanehiro
原作	東堂《とうどう》いづみ ©ABC-A・東映アニメーション
発行者	鈴木章一
発行所	株式会社　講談社
	〒112-8001　東京都文京区音羽 2-12-21
電話	出版（03）5395-3489　販売（03）5395-3625
	業務（03）5395-3603
本文データ制作	講談社デジタル製作
印刷	大日本印刷株式会社
製本	大日本印刷株式会社

ISBN 978-4-06-530781-6　N.D.C.913 314p 15cm
定価はカバーに表示してあります。Printed in Japan